네가 오는 그날까지 _____

네가 오는 그날까지 _____ 김종숙 지음

SNOWFOX

　　남몰래 지독히도 울었던 6년이라는 시간. 누구에게도 이야기할수 없는 아픔을 치유하기 위해 글을 쓰기 시작했습니다. 세상에서 가장 슬픈 이야기가 될 거라고 생각했습니다. 그동안 누구에게도 진짜이야기를 할 수 없었습니다. 불쌍하게 볼까 봐 두려웠습니다. 그렇게오랜 시간을 남의 시선을 두려워하며 보냈습니다. 이제는 그 시선에서 벗어나 제 가슴속 깊은 곳에 있는 감정에 집중하고 싶습니다.

　　"나는 언제 아기를 만날 수 있는 걸까?"

　　난임을 겪고 있는 많은 여성은 아이를 기다리며 '언제'에 초점을 맞추고 괴로워합니다. 사실 우리가 원하는 '언제'는 지금 당장입니다. 남들은 하룻밤의 실수로도 아이가 생긴다는데 우리에게는 넘어야 할 산이너무도 많습니다. '이번에는 생기겠지' 기대와 좌절을 반복한 6년 동안,

돌아보면 무얼 하든 언제나 가슴 한 구석에는 아이 생각이 자리 잡고 있었습니다. 웃어도 웃는 게 아니었습니다. 그렇게 제 마음은 지쳐 갔습니다.

아기를 갖기 전까지 이 괴로움이 끝나지 않을 거라 생각했지만 마음을 바꾸면서 고통 속에서 조금씩 벗어나기 시작했습니다. 한 아이의 엄마가 되는 일은 인력이 아닌 하늘의 뜻으로 이루어진다는 말이 있습니다. 지금이 아닌 이유가 분명히 있을 거라고, 언젠가 더 큰 사랑으로 다가올 거라고 받아들였습니다.

이렇게 받아들이기까지 오랜 시간이 걸렸습니다. 결코 쉽지 않았습니다. 생각을 정리하고, 복잡한 심정을 덜어 내고, 상처 가득한 마음을 변화시키는 것이 무거운 바위를 들어 옮기는 일보다 어렵게 느껴졌습니다. 그래도 포기하지 않고 매일 마음을 들여다보고 나 자신과의 대화를 늘리면서 조금씩 안정을 찾았습니다. 지금도 완벽히 자유로워진 것은 아니지만 그전보다는 훨씬 가벼운 마음으로 아기를 기다리고 있습니다.

우리에게 일어나는 일은 간단합니다. 아이가 지금 생기지 않았다는 것. 그리고 언젠가 내게 오리라는 것.

지금 난임의 시간을 보내는 분들에게 제 이야기를 나눠드리고 싶습니다. 당신만 힘든 것이 아니라고 말해 주고 싶습니다. 난임은 엄마가 될 준비 기간이 남들보다 조금 더 긴 것뿐입니다. 이 기다림의 시간을 아기를 맞이하는 준비의 시간으로 지혜롭게 변화시키면 어떨까요? 사랑의 힘으로 더 큰 사랑이 다가올 그날을 기다리면 어떨까요?

아기를 기다리는 시간, 난임의 시간 동안 마주했던 상황들과 감정들을 이 책에 담았습니다. 더 이상 혼자 자책하고 힘들어하지 마시길, 엄마가 될 그날까지 괴로움보다는 행복함이 가득하시길 바랍니다.

우리는 잘 지내고 있습니다.

차 례

PART 1

가족이란 이름으로

행복한 시작

  예식장을 시작으로 매주 하나씩 미션을 해결하다 보니 어느새 결혼식이 코앞으로 다가왔습니다. 그런데 결혼식 날이 다가와도 남자친구는 프러포즈를 하지 않더군요. 그러던 어느 날 평소처럼 요가 수업을 끝내고 집에 들어왔는데 집 안 가득 촛불이 켜져 있었습니다. 촛불로 된 길 끝에는 남자친구가 서 있었습니다. 촛불을 보는 순간 기뻐야 하는데 화장기 없는 얼굴이 최악이라 큰일이라는 생각이 먼저 들었습니다.

  제가 기뻐서 어쩔 줄 모른다고 착각한 남자친구는 기세를 몰아 선물과 꽃다발을 내밀었습니다. 당연히 반지라고 생각하고 선물 상자를 열었는데 목걸이가 들어 있었습니다.

  "왜 반지가 아니고 목걸이야?"

"반지는 이미 결혼반지 맞췄잖아. 그래서 목걸이로 샀지!"

실용주의자인 그이는 프러포즈용 반지가 따로 있는지도 모르는 남자였습니다. 그래도 잘 살아 보자는 내용이 담긴 편지를 꺼내 울먹이며 염소 목소리로 편지를 읽는 모습이 귀여웠습니다. 비록 드라마에서처럼 큰 보석이 달린 반지도 없고 예쁜 드레스를 입은 것도 아니지만 진심이 느껴지는 감동적인 프러포즈였습니다. 남자친구는 해냈다는 뿌듯한 얼굴로 떠났습니다.

프러포즈를 생각하면 웃음이 났고, 우린 유쾌하게 잘 살 거라고 예감했습니다.

꽁꽁 얼었던 강이 녹고 푸릇푸릇한 새싹이 올라오는 봄날이 되었습니다. 하얀 웨딩드레스를 입고 예쁘게 화장도 했습니다. 머리에는 티아라를 올리고 면사포도 길게 늘어트렸습니다. 밝게 웃으며 결혼식장으로 들어갔습니다.

동네 어르신들은 신부가 왜 이렇게 웃느냐며 그만 좀 웃으라고 타박했지만 자꾸만 입가에 웃음이 피어올랐습니다.

제가 항상 꿈꾸던 행복한 미래가 눈앞에 펼쳐져 있었습니다. 이게 행복이구나 싶었습니다. 시부모님의 모습에서도 행복함이 가득했고 친정 부모님의 얼굴에도 웃음꽃이 피었습니다. 우리 모두 결혼식을 축제라고 생각하고 즐거워했습니다. 신혼여행에서도 신나게 먹고 즐기며 둘만의 시간을 만끽했습니다. 그렇게 우리는 새로운 가정을 이루었습니다. 행복한 신혼 생활이 시작되었습니다.

　함께 밥을 해 먹으니 치우는 일도 즐거웠습니다. 퇴근해서 돌아오면 영화를 보며 맛있는 야식도 먹었습니다. 그렇게 몇 달이 지나자 남편은 음식다운 음식을 만들어 낼 수 있을 만큼 솜씨가 늘었습니다. 더 이상 시커먼 연탄 같은 토스트를 창조하던 실력이 아니었습니다. 남편은 매주 새로운 브런치를 만들어 주었습니다. 예쁘진 않지만 정성스럽게 만든 음식들을 SNS에 자랑하는 재미도 있었습니다. 친정까지 가는 먼 길도 마다하지 않고 늘 함께해 주는 남편에게 고마웠습니다. 친정 부모님은 쌀, 김치, 제철 음식까지 언제나 양손 가득히 챙겨 주셨습니다. 신혼집에서 10분 거리인 시댁 부모님도 항상 맛있는 음식들을 대접해 주셨습니다.

　어느 날 저녁을 먹으러 시댁에 들른 길에 시아버님이 아기 사진이 가득한 달력을 건네주셨습니다. 집에 가져다 놓고 예쁜 아이를 많이 보라고, 아기는 서른 전에 낳으면 똑똑하다는 말씀도 하셨습니다. 제 나이 스물여덟, 그해 결혼을 했습니다. 아직 아기보다는 일과 젊음을 즐기고 싶었습니다. 시아버님의 미음이 부담스러웠지만 일단은 알겠다고 대답했습니다.

　그날 남편과 저는 집에 돌아와서 가족계획에 대해 이야기를 나눴습니다. 제가 1년은 신혼을 즐기고 싶다고 말하자 남편은 피임을 하다 보면 아이를 낳고 싶을 때 못 낳는 상황이 생길 수도 있다며 다시 생각해 보자고 했습니다. 남편의 주변에 그런 분이 있다며 걱정을 했지만 저는 그런 일은 없을 거라 확신했습니다. 남편과 상의한 끝에 1년 후에 아기를 갖는 것으로 이야기를 마쳤습니다.

●

우리 부부는 아직 어리고
저는 신혼 생활을 즐기고 싶었습니다.

그리고 아기를 낳기 위해 결혼한 게
아니었으니까요.
그때는 그게 당연하다고 생각했습니다.

불안한 임신

아기는 지금 막 결혼한 저에게 필요한 존재가 아니었습니다. 아기는 즐겁게 보낼 수 있는 신혼 생활에 걸림돌 같았습니다. 주변에서 아기가 있으면 멀리 여행도 못 간다는 이야기를 많이 들었습니다. 여행은 물론이고 자유라는 것 자체가 없다고들 했습니다. 친구들보다 결혼을 일찍 한 편이었던 저는 혼자 아이 때문에 친구들과 마음대로 만나지도 못하고, 집에 박혀 있기는 싫었습니다. 그렇게 신혼을 즐기며 6개월이 지났습니다. 퇴근 후 저녁을 함께 만들어 먹는 것도, 영화를 함께 보는 것도 조금 무료해질 때쯤 아이를 생각하기 시작했습니다.

우리 부부는 둘 다 아기를 좋아합니다. 피임을 하지 않으면 금방 아기가 생길 거라는 믿음이 있었기에 큰 걱정이 없었습니다. 보건소에 가서 신혼부부 검진도 받았습니다. 둘 다 특별한 이상 없이 건강했습니다. 아기를 낳기에 어려움이 없다는 진단이 나왔습니다. 검진을 받고 나니 마음이 편했습니다. 아직은 아니고, 원할 때 아기를 낳겠다고 다짐했습니다.

하지만 시댁에서는 늘 '너네도 아이가 생기면, 아이가 있으면' 하는 이야기가 나왔습니다. 듣는 내내 불편했지만 아무 말도 할 수 없었습니다. 남편이 시부모님께 아이 계획에 대해 말하지 말자고 했기 때문이었습니다. 그러나 한 번, 두 번, 세 번 횟수가 계속 쌓여 가자 마음 속에 거부감이 들었습니다.

저를 며느리로 사랑하는 것이 아니라 아기를 위한 도구로 생각하시는 건가 하는 의심이 들기 시작했습니다. 차라리 우리가 정한 1년이라는 시간을 미리 말씀드렸다면 이렇게 부담스럽게는 하지 않으실 텐데 하는 생각이 들면서 남편에게 서운했습니다.

공부하려고 하는데 부모님이 공부하라고 잔소리하면 갑자기 하기 싫어지는 것처럼 청개구리 심보가 되었습니다. 불편함을 내색하지 않았기에 시댁에서는 당연한 아이 이야기가 제게 부담이 되는지 몰랐습니다. 불편한 감정을 잘 표현하지 못하는 성격이라 계속 마음에 쌓아만 두고 있었습니다. 그리고 서서히 피임하지 않고 자연 임신이 되기를 기다렸습니다. 그러면 바로 임신이 될 거라고 생각했습니다.

한 달은 여행 준비로, 또 한 달은 야근이 많아서, 다음 한 달은 남편의 교대 근무로 배란일을 맞추기 힘들었습니다. 이렇게 저렇게 생활하다 보니 몇 달이 금방 지나가 버렸습니다. 피임하지 않은 지 6개월이 지나자 조금씩 걱정되기 시작했습니다. '왜 안 생기지?' 하는 의문이 들었습니다.

대수롭지 않게 생각했던 일이 점점 신경 쓰였습니다. 어느새 마음속에 뿌리내린 걱정의 씨앗은 시간이 흐를수록 점점 커졌습니다. 결혼한 지 1년이 채 되지 않았는데도 아이를 가져야 한다는 압박을 느꼈습니다. 어리니까 괜찮다 생각하다가도 서른 살 이전에 아이를 낳아야 건강하다는 시아버님의 말씀이 귓가에 맴돌았습니다. 마음 한편으로 실수처럼 갑자기 아이가 찾아오기를 바라고 있었습니다.

결혼 후 저는 저 자신보다는 좋은 며느리나 좋은 아내, 좋은 딸로 인정받고 싶었습니다. 그 마음이 커질수록 괴로움이 찾아왔습니다. 이런저런 고민 끝에 다니던 직장을 그만두었습니다. 스트레스가 심해서 몸도 마음도 지치고 힘든 상태였습니다. 조금 쉬면서 즐거운 마음으로 아이를 기다려야겠다고 생각했습니다.

퇴사 후 몇 달은 즐겁게 보냈습니다. 그런데 3개월이 지나도 아이는 생기지 않았고, 저는 죄를 지은 사람처럼 불편한 감정에 휩싸이기 시작했습니다. 남편이 있기에 호기롭게 일을 그만두긴 했지만 앞으로 얼마나 더 이렇게 쉬면서 아이를 기다려야 할지 초조했습니다.

불안한 마음에 병원을 찾았고, 검진을 받았습니다. 부부 검진을 했지만 특별히 원인이 될 만한 문제가 없다고 들었습니다. 나이도 많은 편이 아니니 몇 달 정도 자연 임신을 더 시도하자고 했습니다. 그 이야기를 듣고 나니 너무 조급하게 생각했나 싶었습니다. 그렇게 1년을 쉬면서 아이를 기다렸습니다.

저는 그때까지 일을 쉬어 본 적이 없었습니다. 대학을 졸업한 뒤로는 계속 일을 했고 그동안 힘들 때도 있었지만 일에서 보람을 많이 느꼈습니다. 그런 제가 일은 물론, 다른 어떤 것도 하지 않고 1년이라는 시간을 보내고 나니 즐겁지 않았습니다. 즐겁기는커녕 우울함이 커져 갔습니다. 더 이상은 안 되겠다는 생각에 돈도 벌고 마음에도 활력을 불어넣기로 했습니다.

다시 일을 시작하고, 임신에 대한 걱정을 일로 지워 보려 노력했습니다. '열심히 일하다 보면 생기겠지' 하고 생각을 달리했습니다. 회사에 다닐 때는 일을 그만두면 생길 것 같았고 일을 그만두고 나니 직장에 다녀야 생길 것 같았습니다. 어느 방법이 옳은지 몰라서 이것저것 모두 시도했습니다. 아이를 향한 불안한 마음을 진정시키기 위해 노력했습니다.

모든 것이 행복할 것만 같았던 결혼 생활은 이제 장밋빛이 아니었습니다. 아이 문제를 비롯해 크고 작은 걱정들이 생겼고 평생 다른 환경 속에서 자란 둘이 만나 합의점을 찾는 과정 또한 쉽지 않았습니다. 잘 맞지 않는 나무를 끼워 맞추는 작업을 하듯 처음에는 삐걱삐걱 힘겨운 시간을 보내야 했습니다.

병원에 도착하자 진료 시간 전인데도 불구하고 사람이 가득 차 있었습니다. 접수를 하는데 대기 시간이 2시간이랍니다. 주말에 이렇게 많은 사람이 산부인과를 방문한다는 것이 놀라웠습니다. 분명 뉴스에서는 젊은 사람들이 결혼을 피하고 아기도 낳지 않는다고 하던데 막상 산부인과 대기 시간을 보니 괴리감이 느껴졌습니다.

아까운 주말이 병원에서 끝날 것 같았습니다. 긴 기다림 끝에 진료실에 들어가자 의사는 이것저것 물었습니다. 생리 주기는 어떤지부터 피임은 어떻게 하는지, 결혼은 몇 년 차인지 등을 묻고 답했습니다. 의사는 일단 배란 주기를 맞추는 방법을 추천하면서 배란 예정 날짜에 부부 관계를 하기를 권했습니다.

안내받은 날짜에 맞춰 부부 관계를 했고 그달 생리가 없었습니다. 혹시 임신일까 하는 생각이 들자 모든 증상이 임신 증상처럼 느껴졌습니다. 속이 메슥거리고, 입맛도 없고, 기운도 없는 게 딱 임신 증상이었습니다. 임신 테스트기를 사서 확인해 보았지만 두 줄이 뜨지는 않았습니다. 하루가 멀다 하고 관련 커뮤니티에 들어가서 각종 사례들을 찾으며 시간을 보냈습니다.

답답한 마음에 다시 산부인과를 찾았습니다. 2시간을 기다린 끝에 진료실에 들어갔습니다. 제 증상을 이야기하자 생리가 곧 나올 테니 기다려 보라는 대답을 들었습니다. 이해가 되지 않아 증상을 다시 말해도 똑같은 말이 돌아왔습니다. 이제까지 한 번도 생리를 거른 적이 없고, 주기가 길어진 적도 없었기에 임신이라 확신했는데 기다려 보라니. 허탈감이 밀려왔습니다. 제가 이상한 건지 의사가 이상한 건지 답답했습니다.

●

그렇게 병원에서 나와 횡단보도 앞에 서 있는데
갑자기 무언가 울컥하는 느낌이 들었습니다.

기분이 엉망이었습니다.

마음을 진정시킬 겸 카페에 들어가서 주문을 하고
화장실에 갔는데 생리가 나왔습니다.

어이가 없었습니다.

그 순간 저는

세상에서 가장 멍청한 사람이 된 것 같았습니다.

상담하던 제 모습이 떠오르며 창피함이 몰려왔습니다. 의사가 특별한 진료도 하지 않고 집에 가라고 했던 이유가 있었는데, 그것도 모르고 진짜 임신인 것 같다며 되묻던 저 자신이 얼마나 한심하게 느껴지던지요. 누군가 얼굴에 뜨거운 물을 퍼부은 것처럼 얼굴이 붉어졌습니다.

동시에 왜 이런 것 때문에 속상해하고, 전전긍긍하며 산부인과에 가야 하는지 스스로를 이해할 수가 없었습니다. 주변에 지금은 아이를 원하지 않는다고 이야기하고 다녔으면서 생리 예정일이 며칠 지났다고 병원에 찾아가고, 임신이 아니라는 말에 실망한 제 모습이 이상했습니다. 제 상황을 온전히 받아들일 수 없었습니다. 기본적인 몸 상태를 체크하는 방법도 모르면서 임신에만 신경 쓰고 있었습니다.

이날 이후로 그 산부인과는 물론 다른 산부인과도 한동안 가지 못했습니다. 그때의 기억이 너무 창피해서 되도록 인터넷으로 찾아봐야겠다고 생각했습니다. 인터넷 카페를 통해 방법을 찾아보며 하나씩 시도하기 시작했습니다. 배란 테스트기를 구매해 매일 확인하고, 기초 체온이 중요하다고 해서 매일 같은 시간에 온도를 재고 기록을 했습니다. 혼자 이렇게 몇 달을 보내니 지쳐 갔습니다. 매번 기록하기도 쉽지 않았고 왜 이런 것까지 집착적으로 해야 하는 건지 가슴이 답답했습니다. 또 이런 것들이 궁극적인 해결책이 될 수 없을 거라는 생각이 들어 가까운 난임 전문 병원을 찾아 상태를 체크해 보기로 했습니다.

역시 난임 병원은 크기와 시설부터 전혀 다른 분위기가 흘렀습니다. 환자를 대하는 의사의 태도도 동네 산부인과와 달랐습니다. 혼자 온 사람도 거의 없고 환자가 대부분 임산부였던 동네 산부인과와 달리 혼자 온 사람도 많았고 분위기도 조용했습니다. 난임 병원에서 각종 검사로 2개월을 보내고 별다른 특이 사항은 없다는 진단을 받았습니다. 병원은 남편과 제게 몇 가지 영양제를 추천했습니다. 그리고 제 나이가 어린 편이니 자연 임신을 3개월 정도 시도하며 배란 주기를 보자고 말했습니다. 의사의 말대로 하면 당연히 자연 임신이 될 거라고 생각했습니다. 아직 서른도 되지 않은 젊은 나이였으니까요.

그러나 3개월이라는 시간이 흘러도 아무 소식이 없었습니다. 의사는 인공수정을 해 보면 어떻겠느냐고 권유했습니다. 인공수정까지 생각하고 병원에 온 건 아니었습니다. 혹시 우리 부부에게 아이가 생기지 않는 특별한 이유가 있을까 봐 걱정되는 마음에 검사해 보자는 정도였습니다. 그래서 두려웠습니다.

처음 난임 병원에 올 때는 이곳에만 오면 아이 문제가 해결될 거라고 믿었습니다. 아무런 준비 없이 그냥 의사만 만나면 될 거라는 바보 같은 생각이었습니다. 남편은 인공수정은 여자에게 힘든 일이라고 하니 제 선택에 따르겠다고 했습니다.

애초에 인공수정이나 시험관 시술을 생각하고 병원을 방문했다면 아마 그렇게 거부감이 들지는 않았을 것 같습니다. 이제 와 돌이켜 보면 그때는 현실을 있는 그대로 받아들이지 않았습니다. 온갖 임신 방법을 시도하는 와중에도 기다리다 보면 당연히 자연 임신이 될 텐데 왜 이런 걸 힘들게 매일 하고 있나 싶기도 했습니다. 의사의 말도 듣고 싶은 말만 골라서 들었습니다.

"아직은 괜찮습니다. 조금 더 지켜보세요."
"나이가 어리니 자연 임신을 기다려 봅시다."
"마음 편히 먹으면 좋은 결과가 있을 겁니다."

이런 말만 귀담아 들었습니다. 인공수정을 제안하는 말은 듣지 않았습니다. 실은 제가 원하던 길이 아니라 거부했습니다. 난임 병원에 다닌다는 것 자체만으로도 어딘가 문제 있는 사람이 된 것 같아 정신적으로 힘이 들었고, 너무 집착해서 아이가 생기지 않는 건 아닐까 싶었습니다. '일을 그만두면 아기가 생기더라, 너무 임신해야겠다는 부담은 버려라' 등등. 어떤 말이든 믿고 싶었습니다.

일을 쉬는 동안 점점 더 아이 생각이 커졌습니다. 그 생각과 부담에 사람들도 만나기도 싫어지고 우울해졌습니다. 다시 일을 시작했을 땐 활력이 넘쳤고 임신에 대한 압박도 잠시 잊을 수 있었습니다. 일에 적응하느라 다른 생각을 할 틈도 없었고 병원에 갈 시간도 나지 않았습니다. 무엇보다 일하느라 바빠서 아기를 가질 시간이 없다는 좋은 핑곗거리가 생겼습니다.

다른 사람에게는 늘 아직 아이 생각이 없다고 핑계를 댔지만 마음속에는 곧 임신이 될 거라는 믿음이 있었습니다. 그렇게 아이가 생기면 마치 아이가 생기지 않아 고민했던 일은 없던 것처럼 자연스럽게 생겼다고 말하고 싶었습니다. 그런데 현실은 뜻대로 이루어지지 않았습니다. 어느덧 다시 1년이 흘렀습니다. 문득문득, 해결하지 못한 채 저 마음 구석에 있었던 아이 문제가 떠오르기 시작했습니다. 걱정은 처음보다 더 크게 부풀어 있었습니다. 그리고 시간이 흐를수록, 생각하면 할수록 그 무게가 더해져 저를 짓눌렀습니다.

도돌이표

　소문을 통해 임신으로 유명하다는 한의원을 알게 되었습니다. 예약 잡기가 어려워 남편이 추운 겨울날 새벽 6시에 줄을 서서 진료를 예약했습니다. 어렵게 만난 한의사는 제 마음을 어루만져 주는 것 같았습니다. 몸 안에 쌓인 스트레스를 풀어야 하며 음식 조절도 필요하다고 했습니다. 돼지고기와 밀가루, 커피 등 가려야 하는 음식도 알려 줬습니다.

　우리 부부가 주식으로 먹는 음식들을 모두 피해야 했습니다. 우리는 철저하게 식단을 조절했습니다. 한약 두 제를 지어 먹는 동안 힘들었던 식단 조절도 그럭저럭 적응해 나갔습니다.

　다시 진료를 보기 위해서 남편은 또다시 새벽에 줄을 서서 기다렸습니다. 힘들 텐데 제가 하자는 대로 다 따라 주는 남편에게 미안하고 고마웠습니다. 갈 때마다 한의사도 둘 다 달라진 모습이 확연하게 보인다며 놀라워했습니다. 간절했던 만큼 열심히 따랐습니다. 한의 사는 약을 한 번 정도 더 먹으면 아이가 들어설 것 같다며 기운을 주었 습니다.

열심히 노력해서 식생활을 바꾸고 온 정성을 다해 몇 달을 보냈 습니다. 그런데 아무 일도 일어나지 않았습니다. 우리가 원하는 소식 은 찾아오지 않았습니다. 점점 남편과 저는 음식도 원래 먹던 대로 먹 기 시작했고 그 한의원을 더 이상 찾지 않았습니다. 하루, 한 달이 아 까웠는데, 몇 달을 열심히 노력했는데 답이 오지 않으니 실망감이 컸 습니다. 산부인과도, 한의원도 진료할 때는 몇 개월이면 아이가 생길 것처럼 이야기했습니다. 그 말에 희망을 품었다가 아이가 생기지 않 으면 다시 절망의 늪으로 빠져들어 갔습니다.

여러 한의원을 다녔습니다. 가까운 한의원에 혼자 가서 진료를 보기도 했습니다. 걱정이 되신 시어머님이 직접 나서서 한의원에 데 리고 가기도 했습니다. 벌써 몇 군데의 한의원을 다녀왔다고 말씀드 렸지만 정말 아이가 생기는 곳이라며 온 가족이 모두 진료를 보러 갔 습니다. 시어머님이 저희를 데려온 모습을 보고 한의사는 시어머님을 정중히 내보내고 부부 상담을 시작했습니다.

얼마나 힘들었냐는 한의사의 첫마디에 눈물이 쏟아졌습니다. 별 말 아니었는데 그동안의 마음을 알아주는 것 같아 말하지 못했던 감정들이 마구 쏟아져 나오기 시작했습니다. 주체할 수 없이 눈물이 흘렀습니다. 시어머님이 챙겨 주시는 게 감사하면서도 한편으로는 자존심이 강한 제가 이런 상황을 겪어야 한다는 것이 너무 속상했습니다.

괜찮다고 마음먹으려 노력했지만 쉽지 않았습니다. 힘들다고 이야기한 적이 없었기에 위로조차 받을 수 없었고 그저 혼자 속으로 이겨 내야 했었습니다. 그런데 갑자기 누군가가 다가와 많이 힘들었겠다며 위로하니 가슴속에 쌓여 있던 감정들이 와르르 무너져 내렸습니다. 상담을 통해 이런저런 속상함을 이야기하면서 속이 시원해졌고 다시 해 보자는 희망이 생겼습니다. 그렇게 한약을 다시 먹기 시작했습니다.

그러나 이번에도 좋은 결과를 얻지 못했습니다. 시간이 계속 흘러가면서 마음의 초조함은 커졌지만 할 수 있는 일은 아무것도 없었습니다. 그때까지도 마음속에 이번 달에는 분명 자연 임신이 될 거라는 희망이 있었습니다. 난임이라는 사실을 받아들일 수 없었습니다. 철저하게 자연 임신이 될 거라고 믿고 있었습니다.

친구들도 결혼을 하고 아이가 생겼습니다. 마음이 더 초조해졌습니다. 혼자만의 임신 기간을 정해 놓기도 했습니다. '누구 결혼식에는 임신해서 가야지.' 그러다 그 친구의 결혼식이 지나면 '누구 돌잔치까지는 임신해서 가야지' 하며 혼자 수많은 상상 속에서 임신이 될 날을 그리고 있었습니다. 스스로와의 약속이 깨지는 일이 반복되고, 저는 더 이상 언제까지는 임신해서 가겠다는 계획을 세우지 않았습니다. 마음에 탈출구가 필요했습니다. 직장을 그만두었다가 다시 다니기도 했습니다. 일을 하면 바빠서 병원에 가고 싶어도 가지 못한다는 핑계가 생겼고 그걸 빌미로 현실을 피하고 싶었습니다. 그러다가도 마음이 지쳐 다시 일을 그만두는 도돌이표 생활을 했습니다.

'인공수정은 조금만 더 기다려 보자. 과배란만 해 보자.'

그렇게 여러 번 시도도 해 보았지만 늘 병원 앞에 주저앉아 눈물을 삼켰습니다. 그러면서도 시술은 생각지도 않았습니다. 아기를 기다린 지 4년이라는 시간이 흘렀음에도 마음속으로 자연 임신이 되기만을 바라고 있었습니다. 저는 4년 동안 이 문제에 정면 승부하지 못한 것입니다. 자꾸 이리저리 숨고 피했습니다. 내 감정에 대해 속상해하기만 했고 그 안에 든 진실이 무엇인지 쳐다보려고 하지 않았습니다.

가끔 누군가에게 위로받으면 마음을 다잡아야겠다는 생각이 들었지만 이후에도 힘든 마음을 쉽게 표현하지 못했습니다. 아이 계획에 대한 질문을 받으면 때로는 조금 더 놀다가 가질 생각이라 대답했고, 때로는 돈 버는 게 우선이라고 대답했습니다. 아이가 생기지 않는다는 말은 정말로 하기 싫었습니다. 무슨 문제가 있는 사람처럼 볼까 두려웠습니다. 제 마음의 소리보다는 그저 외부에 어떻게 보일지만 신경 썼습니다.

누구에게도 말하지 못하니 스트레스는 극도로 쌓여 갔습니다. 마음이 가난한 사람처럼 별거 아닌 일에도 화를 냈습니다. 시댁에서 아기 이야기를 하면 예민하게 반응했습니다. 분명 생길 거라는 믿음을 주려는 것이었는데 좋은 뜻으로 받아들이질 못했습니다.

조금 더 일찍 깨달았다면 덜 괴로워했을 거란 아쉬움이 남아 있습니다. 만약 난임이라는 막연한 두려움의 감정과 힘겨루기를 하고 있는 분이 계신다면 지금 자신이 느끼는 감정을 자세히 들여다보시면 좋겠습니다. 결코 한 번에 읽히지 않습니다. 매일 자신의 감정과 정면승부를 해 보세요. 그러면 마침내 그 감정과 만나게 될 것입니다. 그 감정의 뿌리를 찾아보고 이해한다면 막연하기만 했던 그 두려움이 작아지거나 없어질 것입니다.

"인생에 두려워할 것은 아무것도 없다. 오로지 이해해야 하는 것이 있을 뿐이다."

제가 두려움이 찾아올 때마다 곱씹는 마리 퀴리의 명언입니다. 두려움이 다가올 때 도망치지 말고 딱 한 발자국만 물러서서 지켜보세요. 한결 편안해지실 겁니다.

우 리 엄 마 같 은 엄 마

저는 우리 엄마 같은 엄마가 되고 싶었습니다. 엄마는 오남매의 첫째로 태어나 어린 나이에 아버지를 잃고 동생들을 보살피기 위해 열심히 살았습니다. 그리고 스물다섯에 경기도 파주의 작은 마을로 시집을 왔습니다. 바람이 불면 날아갈까 싶을 정도로 여린 아가씨였습니다. 어른들이 저렇게 마른 사람을 어디에 쓰냐며 한마디씩 했지만 정신력 하나는 누구에게도 뒤지지 않았습니다.

그러다 오빠와 제가 태어나고 엄마는 우리들을 위해서 열심히 사셨습니다. 새벽 4시에 일어나 저녁 10시까지 계속 일했습니다. 우리가 학교에 갈 때면 혹시라도 위험할까 싶어 학교까지 데려다주셨고 돌아오면 간식을 주셨습니다. 당신이 아플 때는 내색 한번 않고 보건소에 혼자 다녀오셨으면서 제가 아플 때는 잠도 자지 않고 종일 곁을

지켰습니다.

그렇게 키운 딸이 서른 살이 훌쩍 넘은 나이가 되어 엄마가 되고 싶다며 병원에 다닌다고 했습니다. 엄마는 마음이 좋지 않았을 겁니다. 나이가 많은 것도 아닌데 왜 기다리지 못하고 안달하는지 이해하지 못하셨습니다. 그렇게 안달복달하기 때문에 아이가 안 생기는 거라며 제발 마음을 편히 먹으라고 하셨습니다.

저도 정말 편안하게 마음을 먹고 싶었습니다. 그러나 가장 어려운 것이 마음을 다스리는 일이었습니다. 엄마의 말은 풀리지 않는 문제를 자꾸 피하라고 하는 것 같았습니다. 주변에서 무슨 말을 들었는지 시험관 시술을 하면 우울증도 생기고 힘들다며, 엄마가 지어 주는 한약을 6개월 정도 먹어 보고도 안 생기면 그때 병원을 결정하라고 했습니다. 엄마의 말을 따르기에는 지난 시간 동안 아이를 가져야겠다는 마음의 짐이 무거워진 상태였습니다. 큰 결심을 했는데 엄마가 이렇게 나오니 많이 흔들렸습니다. 오랜 고민 끝에 남편과 병원에 가기로 마음을 정했습니다.

그동안 엄마 말을 거역한 적이 없었고 늘 엄마가 하는 말이 옳다고 따르며 살아왔습니다. 하지만 이미 한약은 수도 없이 먹었습니다. 엄마는 제가 앞서 겪었던 그 마음처럼 아직 자연 임신에 대한 희망을 놓지 않고 있었습니다.

5년이라는 시간 동안 제가 놓지 못했던 그 희망의 끈을 엄마도 잡고 있었습니다. 그동안 마음속으로 얼마나 치열한 전쟁을 치렀는지 하나하나 말하지 않았기에 엄마에게는 이제 시작이었던 것입니다. 현실을 받아들이기 버거웠던 지난날의 저처럼요.

마음의 결정을 내린 후 엄마에게 말하자 엄마는 네가 결정한 일이라면 그렇게 하라고 말씀하셨습니다. 엄마는 그저 딸이 고생할까봐 걱정스러웠던 것입니다. 그 마음을 온전히 느낄 수 있었습니다. 서로 표현이 서툴러 말로 표현하지 못했지만 우리 둘은 마음으로 많이 울었습니다. 그렇게 서로를 위했습니다.

전화를 끊고 한참을 펑펑 울었습니다. 이렇게 온전한 사랑을 받고 있는데 왜 혼자서 괴로워했는지 속상했습니다.

세상에 아기가 태어나면 온 세상의 축복을 받습니다. 사실 엄마가 열 달을 지켜 세상에 나온 것인데도 온 세상은 아기를 축복합니다. 존재만으로 축복인 거죠. 그렇게 태어난 사람이 바로 나입니다. 나 자신입니다. 존재만으로 감사한 것. 그런데 세상을 살면서 더 잘해야지, 더 칭찬받아야지 하며 욕심을 부리기 시작합니다. 어쩌면 빨리 아기를 달라고 투정 부리는 것도 욕심일지 모른다는 생각이 들었습니다.

존재만으로 축복받았던 저 자신을 아끼기로 결심했습니다. 나를 사랑할 때 태어날 아기에게도 온전한 사랑을 줄 수 있을 테니까요.

어렵게, 어렵게 시험관 시술을 하기로 결정했습니다. 시술을 시작하면 금방 아기가 찾아올 거라 생각했습니다. 두 번의 인공수정과 두 번의 시험관 시술을 끝냈습니다. 그러나 아기는 찾아오지 않았습니다. 먼저 시도한 인공수정의 실패에 힘들었지만 그래도 시험관 시술이 남아 있으니까 힘내자는 마음으로 견뎠습니다. 그런 마음이었기에 첫 번째 시험관 시술 실패 후에는 한동안 아무 말도 할 수 없었습니다.

눈물이 계속 흘렸습니다. 겨우 마음을 추스르고 엄마에게 이야기했습니다. 엄마는 고생했다며 그냥 편하게 쉬라고 말했습니다. 그리고 일까지 그만둔 채 병원에 다니며 매일 고군분투하는 딸의 모습을 보니 안타까운 마음이 들었는지 함께 여행을 가자고 제안하셨습니다.

엄마의 마음이 너무나도 고마웠습니다. 그러자고 대답했지만 우리는 여행을 가지 않았습니다.

실패할 때마다 힘들어하는 모습을 보일 수도 없고 그때마다 여행을 가자고 할 수도 없으니까요. 아무 생각하지 않고 책만 읽었습니다. 세상과 떨어져서 나 혼자 있는 것처럼 책 속에 빠져 살았습니다. 부정적인 생각을 하지 않으려 애를 써도 저는 실패한 현실 속에 있었습니다.

미래의 세 아이에게 우리 엄마처럼 온전한 사랑을 줄 수 있을지, 제가 평범한 엄마들처럼 살아갈 수 있을지 걱정이 앞섰습니다. 몇 번이나 더 시험관 시술을 해야 제게 아기가 찾아올지 정답을 알 수 없어 괴로웠습니다. 어디서부터 마음을 다시 일으켜야 할지 도무지 알 수 없었습니다.

어느 날 어머니를 일찍 여읜 친한 친구가 제게 말했습니다.

"너는 정말 좋은 엄마가 될 거야. 나는 사랑받고 자라지 못해서 내 아이한테 사랑을 주면서도 이게 맞는지 모를 때가 많아. 그런데 네가 내 아이에게 하는 모습을 보면 넌 어떻게 사랑을 주는지 아는 것 같아. 그게 사랑을 받아 본 사람의 특권이 아닐까? 넌 정말 좋은 엄마가 될 거야! 그러니 걱정하지 않아도 돼."

그 말이 따뜻한 위로가 되었습니다. 많은 사람이 난임 부부에게 건네는 위로는 대부분 이렇습니다. '너무 아기에 대해 생각하지 말고 아이 없을 때를 즐겨. 생각하지 않아야 아기가 생긴다.' 위로라는 걸 알면서도 참 가슴이 아픕니다.

가끔은 이런 위로들이 상처로 다가옵니다. 제가 가장 간절히 원하는 게 바로 이 모든 사실을 잊고 즐겁게 사는 것이기 때문입니다. 나중에 혹시라도 난임 부부를 만난다면 마음 편안하게 먹으라는 말은 절대 하지 말아야겠다고 다짐했습니다. 마음이 가장 중요하다는 것을 알지만 마음을 변화시킨다는 게 얼마나 어려운지, 당사자 입장에서도 그것이 얼마나 간절한지 잘 알기 때문입니다.

그렇기에 저를 가장 잘 아는 친구가 아무렇지 않은 듯 던진 너는 잘할 수 있을 거라는 말이 크게 다가왔습니다. 친구의 그 말을 듣고 한참 동안 생각했습니다. 그리고 저를 돌아보았습니다. 누구에게나 고통이 있는데 나만 너무 힘들다며 세상에 떼를 쓰고 소리를 지른 것 같았습니다.

6년이라는 시간 동안 세상은 하나도 변하지 않았습니다. 하지만 제 마음이 조금씩 변하고 있습니다. 난임의 시간을 보내면서 저를 진심으로 위하는 사람들의 사랑에 감동했습니다. 한동안 사람을 만나기 두려워 피하기도 했지만 진정 저를 위하는 사람들을 통해 조금씩 마음의 문을 열기 시작했습니다.

행복을 꿈꿨던 신혼 그리고 아이를 기다리는 저를 뒤덮은 두려움과 그에 맞서고 이해하기 시작한 지금까지, 마음속에 한바탕 폭풍우가 지나가고 지금은 다시금 고요해졌습니다. 친구의 말처럼 저는 사랑받는 딸입니다. 우리 엄마가 제게 항상 변함없는 사랑을 준 것처럼 저도 미래의 아기를 위해서 최선을 다하는 엄마가 될 것입니다.

온 세 상 이 캄 캄 한 날

저는 작은 시골 동네에서 성장했습니다. 한 교실에 스무 명이 안 되는 아이들이 수업을 받았고 선생님과 학생들은 서로 집안의 시시콜콜한 이야기까지 모두 알았습니다. 당시 목장을 했던 우리 집은 축사 옆에 딸린 작은 단칸방이었습니다. 그 작은방에 네 식구도 모자라 귀여운 송아지까지 함께 잠을 잤습니다.

학교에 다녀오면 언제나 집에 부모님이 있었고 온 가족이 삼시 세끼를 함께 먹었습니다. 시골이라서 그런 것도 있었지만 부모님이 워낙 사람을 좋아하셨기에 집에는 항상 손님이 와 있었습니다. 가족끼리만 식사한 적이 손에 꼽을 정도로 늘 북적였습니다.

그런 환경 덕에 외로울 틈이 없었습니다. 게다가 아버지 또한 저를 아주 예뻐해 주셨습니다. 소먹이를 베러 갈 때도 항상 저를 업고 일을 할 정도로 지극정성으로 보살펴 주셨습니다.

초등학생 때 친구들 집에 있는 크리스마스트리를 보고 부모님께 나도 사 달라고 떼를 쓴 적이 있습니다. 제 말에 아버지는 앞산에서 작은 소나무를 베어 와 세상에서 가장 멋진 크리스마스트리를 만들어 주었습니다. 처음 자전거를 배우던 날의 기억도 생생합니다. 행여나 제가 다칠까 자전거 속도에 맞춰 달리던 아버지가 든든했습니다. 기억 속에서 아버지는 늘 제 편이었습니다. 제가 해 달라는 모든 것을 해 주셨습니다.

결혼 후 1년쯤 되었을 때, 양가 어른들을 모시고 여행을 다녀온 적이 있었습니다. 시부모님과 친정 부모님, 저희 부부까지 총 6명이 카니발을 빌려 2박 3일 여행을 떠났습니다. 어른들은 즐거워하셨고 준비한 우리도 뿌듯했습니다. 통영, 외도, 거제도 곳곳을 누비며 큰맘 먹고 요트도 빌리고 맛있는 음식도 먹었습니다.

돌아오는 길에 부모님들은 1년에 한 번씩은 이렇게 다 같이 여행을 했으면 좋겠다고 말씀하셨습니다. 내년에는 아기를 낳을 텐데 데리고 올 수 있겠냐는 농담 섞인 말에 모두 웃기도 했습니다. 그렇게 즐거운 기억으로 남은 여행에 저는 내심 다음 가족 여행을 계획하고 있었습니다.

그 다음 해에 저는 아기 문제로 혼자 한참 걱정에 빠져 있었습니다. 부모님은 곧 아기가 생길 것이니 걱정하지 말라고 하셨습니다. 저는 제가 힘들어하는 모습을 보이면 두 분이 마음 아파하실까 내색하지 않았습니다. 그러던 어느 날 식사 자리에서 아버지가 손주가 태어나면 직접 자전거 타는 법을 가르쳐 주고 싶다고 하셨습니다. 평소 아이에 관한 이야기는 하지 않는 분이었는데, 그날은 왜인지 그런 말을 하셨습니다. 저는 속상한 마음에 애도 없는데 무슨 자전거를 가르치느냐며 화를 냈습니다.

몇 달 뒤 아버지가 돌아가셨습니다. 믿을 수 없었고 감당할 수 없이 슬펐습니다. 제게 자전거를 배우던 날의 기억이 소중했던 것처럼 아버지도 자전거를 가르쳤던 일이 가슴 따뜻하고 행복한 일이었다는 것을 그제야 알았습니다.

아버지는 떠났고 아기는 아직 태어나지 않았습니다. 계획했던 가족 여행은 처음이자 마지막이 되어 버렸습니다. 손주에게 자전거를 가르치고 싶다던 아버지의 계획도 빛이 바랬습니다. 지금 생각하면 어린 시절의 삶은 행복 그 자체였습니다. 그래서 저도 아버지가 주신 사랑을 제 자식에게도 나눠 주며 살고 싶었던 것이었습니다.

살면서 세상이 가장 어둡다고 생각할 때, 더 깊은 슬픔이 생겨서 다시는 일어나지 못할 것 같은 때. 그런 때가 인생에서 꼭 한 번은 찾아온다고 하죠. 제게는 그때가 난임을 겪으며 아버지와도 이별해야 했던 시간이었습니다. 하늘이 무너지는 것 같았고, 가슴이 찢어지는 고통을 느꼈습니다. 악마가 제게 나쁜 기운을 다 쏟아 내는 것 같았습니다. 더 이상 일어설 수 없다고 생각했습니다. 이 세상에서 저를 가장 예뻐하고 사랑해 주는 분이었는데, 아버지를 잃고 나니 전부를 잃은 것 같았습니다.

세상이 왜 이런 시련을 주는지 힘들고 무서웠습니다. 한 번도 무너지지 않았던 엄마도, 오빠도 지켜보는 사람조차 힘들 만큼 무너져 내렸습니다. 아무도 일어나지 못했습니다. 아버지를 보낸 엄마를 혼자 둘 수 없어 친정에서 몇 달을 보냈습니다. 그렇게 회복되지 않을 것 같은 시간이 흘렀습니다. 어느 날 시아버님께서 걱정이 되셨는지 제게 전화를 하셨습니다.

"좀 괜찮아졌니? 남자 혼자 오래 두면 바람나니까 조심해야 한다!"

요는 집에 혼자 있는 아들이 걱정되니 가정으로 돌아오라는 말씀이셨습니다. 그 상황이 싫었습니다. 아직 슬픔을 추스르지 못한 가족 곁에 있고 싶은데 남편에게 돌아가야 한다는 현실이 야속했습니다. 그래도 얼마 후에 남편이 있는 집으로 돌아갔습니다. 시부모님은 밥 한 끼라도 제대로 사 주시겠다며 우리 부부를 데리고 오리 백숙집으로 갔습니다.

거기서 제 아버지와 시부모님 사이에 있었던 일화들을 들었습니다. 우리 부부가 신혼여행을 떠났을 때 아버지가 시어머님께 전화를 걸었다고 합니다. 신혼집을 구할 때 시어머님이 재정적인 지원을 해 주셨다는 걸 알게 된 아버지가 나중에 저희가 집을 살 때는 당신이 보태겠다고 말씀하셨다고 합니다. 당시 우리 부부는 전셋집 재계약 문제로 집주인과 문제가 있었습니다. 걱정하는 저희 모습을 보고 아버지는 그 집을 사라고 계속 말씀하셨는데 우리는 절대 사지 않겠다고 했습니다.

그때를 생각하면 아버지는 자신이 떠날 줄 아셨던 걸까 싶어 많이 슬펐습니다. 그리고 그런 이야기를 꺼낸 시어머님이 미웠습니다. 돈 이야기라는 것이 마음이 걸렸습니다. 아직 슬프고 힘든 걸 잘 아시면서 하필 돈과 관련된 이야기를 꺼내시는 게 곱게 들리지 않았습니다. '결국 또 돈이구나. 아버지가 떠난 게 슬픈 것이 아니라 우리가 집을 마련할 때 보태 줄 사람이 떠나서 안타까운 건가' 하는 비뚤어진 생각까지 들었습니다.

그렇게 품은 깊은 상처로 힘든 시간을 보내며 매일 밤 혼자 울었습니다. 남편에게 말할 수 없었습니다. 말해 봤자 되돌릴 수 없는 것들뿐이었습니다. 그리고 그이가 상처를 준 것도 아니었습니다. 누구의 잘못도 아니라는 걸 알았습니다. 그저 제 생각이 삐뚤어졌고 그 삐뚤어진 상황에 갇혀 혼자 힘들어한다는 것도 알고 있었습니다. 저주에 시달리는 것 같았습니다. 그냥 이 상황을 누군가의 탓으로 돌리고 싶었습니다.

그게 바로 남편이었습니다. 남편에게 엄청난 짜증을 쏟아 내기 시작했고, 자주 가던 시댁도 피했습니다. 아기 낳으면 가겠다며 남편에게 억지를 부리기도 했습니다.

일주일에 한 두 번씩은 꼭 시댁을 방문했는데 그때부터 남편 혼자 보냈습니다. 처음에는 같이 가자는 남편에게 싫다고 말하는 것 자체가 죄를 짓는 느낌이었습니다. 하지만 시댁을 피해야 살 것 같아서, 나를 보호하고 싶어서 솔직히 가기 싫다고 말했습니다. 그렇게 몇 달의 시간이 흘렀습니다. 남편이 혼자 시댁에 갈 때마다 못난 제 마음이 싫어졌습니다. 이렇게까지 모진 마음으로 살아가니, 시댁을 멀리해도 힘들었습니다. 자식 된 도리를 저버리는 나쁜 사람이 된 것 같았습니다. 그리고 한참 후에 깨달았습니다.

'내가 보고 싶지 않다고 가시 돋친 말을 내뱉으며 거부한 시부모님은 남편에게는 소중한 가족이잖아. 만약 남편이 우리 엄마를 보기 싫다고 했다면 내 마음은 어땠을까?'

제가 너무 힘들다고 투정을 부렸다는 생각이 들었습니다. 위로하고 싶어 하신 말씀이었는데 어리석은 마음으로 혼자 상처받고, 계속 그 상처를 파헤치고 있었습니다. 창피했습니다. 그렇게 시간으로 스스로가 만든 엉킨 실타래를 풀었습니다. 그동안 남편은 재촉하지 않았습니다. 분명히 힘들고 지쳤을 텐데 아무 말도 하지 않고 기다려 줬습니다. 끝이 보이지 않을 것 같은 슬픔도 지나갔습니다. 아주 깊은 수렁에 빠지니 다시 올라오는 길밖에 남지 않았습니다. 그동안 남편은 제 손을 놓지 않았습니다.

나만이 괴로운 나날

이번 달에도 임신이 아니었습니다. 지친 몸으로 모든 집안일을 끝내고 남편을 기다립니다. 회식이라 늦은 밤까지 들어오지 않습니다. 회식은 일의 연장이라 어쩔 수 없다는 건 저도 잘 알고 있습니다. 저 또한 직장 생활을 할 때 회식에 참여해야 했으니까요. 그러나 아기를 갖기로 결정한 뒤로는 이 핑계 저 핑계로 회식 자리를 피했습니다. 몸 관리를 해야 하니 친구랑 늦게까지 놀고 싶은 날도 참아 냈습니다.

그런데 남편은 아닙니다. 일의 연장선상이기도 하고, 사람들과 어울려야 하기에 회식은 꼭 참여해야 한다고 합니다. 의사가 임신에 술과 담배는 좋지 않다고 말했지만 전혀 신경 쓰지 않습니다. 오늘은 배란일인데 아는지 모르는지 남편은 들어오지 않습니다. 혼자 임신할 수 있다면 이보다 힘들지 않았을 것 같습니다. 초조한 제 마음도 모르고 남편은 천하태평입니다.

저는 일도 하고 싶고 아기도 갖고 싶었습니다. 그래서 어려운 고민 끝에 처음에는 일단 일을 병행하며 인공수정을 진행하기로 했습니다. 인공수정뿐만 아니라 시험관 시술까지도 회사에 다니면서 진행하는 분이 많다고 하니 마음이 놓였습니다. 그러나 현실은 생각보다 더힘들었습니다. 직장을 다니면서 난임 병원을 함께 다니는 건 생각처럼, 말처럼 쉬운 일이 아니었습니다.

병원 방문 일자는 일반 진료처럼 미리 정해 놓고 가는 것이 아니라 몸의 컨디션에 따라 정해집니다. 간단하다는 인공수정이라 하더라도 한 달에 6일 정도 방문해야 합니다. 몸 상태에 따라 더 많이 방문하는 때도 있습니다. 일정하지 않기 때문에 미리 연차를 사용할 수 없고 바로 전날이나 당일에 회사에 보고하고 병원을 가야 하는 상황이 계속됩니다. 당일에 연차나 반차를 자유롭게 쓸 수 있는 직장인이 얼마나 될까요? 게다가 눈치를 보며 병원에 가더라도 대기 시간만 1~2시간입니다. 아침 일찍 병원에 갔다가 회사에 늦게 출근하는 일도 많았습니다.

횟수를 더해 길수록 일에 대한 부담도 늘어났습니다. 병원과 업무를 병행하다 보면 당연히 밀리는 업무를 다른 팀원이 처리해야 했고 미안하다 양해를 구하는 일도 점점 더 많아졌습니다. 결국 저는 더이상 팀원들에게도, 회사에도 부담을 주면 안 되겠다는 생각에 회사를 그만뒀습니다.

아이를 갖고 낳는 과정은 부부가 함께해야 하는 게 맞습니다. 그러나 난임은 남자보다는 여자에게 더 큰일로 다가옵니다. 매달 생리를 반복하면서 호르몬과의 전쟁도 해야 하죠. 남자는 문제가 없고 여자에게 문제가 있어 아이가 생기지 않는다는 편견을 가진 사람도 많습니다. 특히 나이 드신 어르신들은 그런 편견을 많이 갖고 있습니다. 그런 시선 속에서 상처를 입는 경우도 많습니다. 저도 그랬습니다. 아이가 생기지 않는 것이 저만의 문제가 아닌데 시댁에 가면 괜히 죄인이 되는 기분이었습니다. 남편은 친정 엄마를 만나도 그런 생각을 전혀 하지 않는데 말입니다. 왜 저만 이런 생각을 하는 건지 저 자신이 미워지기도 했습니다.

그래서 난임 시술을 하면서는 더더욱 시댁 가는 일을 피하게 되었습니다. 어렵게 병원에 다니고 있는 모습을 보여드리기 싫었고, 시술을 할 때마다 기대하고 실망하시는 얼굴을 보는 것이 힘들었습니다. 전 누구보다 좋은 며느리가 되고 싶었습니다. 아이를 원하는 시댁을 만족시키지 못하는 것이 부담으로 다가왔습니다. 제 잘못이 아닙니다. 그러나 마치 죄를 짓고 있는 것 같아 속상했습니다.

일을 하지 않으니 집에 있는 시간이 늘어나고 병원 가는 시간만 기다리게 되었습니다. 지킬 박사와 하이드가 된 것처럼 마음도 이랬다 저랬다를 반복했습니다. 하루에도 수십 번씩 천국과 지옥을 오갔습니다. 답답한 마음에 취미를 찾아보기로 했습니다. 일하느라 하지 못했던 것들을 하면서 이 생활을 즐겨 보자고요. 한동안 버킷리스트에 수영 배우기가 있었으니 이번 기회에 시도해 보기로 했습니다.

새벽에 줄을 서서 어렵게 수영 강습을 신청했습니다. 그런데 병원에서 수영장이나 대중목욕탕은 감염의 위험이 있으니 피하기를 권했습니다. 예상치 못한 일이었습니다. 이왕 신청한 거 그냥 다닐 수도 있었지만 작은 위험이라도 피하고 싶었습니다. 그래서 아기를 낳고 하기로 마음을 바꿨습니다. 요가나 걷기 운동으로 대체하기로 했지만 한편으로는 운동조차 마음대로 할 수 없는 상황이 억울했습니다.

함께 난임의 시간을 보내던 친구가 있었습니다. 자주 만나고 수다도 떨었습니다. 속을 다 보일 수야 없었지만 그래도 다른 사람과는 나눌 수 없는 많은 부분을 공유하고 서로 위로했습니다. 그러던 어느 날 그 친구가 임신했다는 소식을 전해 왔습니다. 누구보다 기다리던 일이었던 것을 잘 알기에 함께 축하했습니다.

●

그러나 그 친구에게 다시 연락할 수 없었습니다.

지금까지는 함께 걸어왔지만
이제부터는 각자 다른 길을 가야 함을 알았습니다.
온전히 친구를 축하하지 못하는 스스로가 미웠습니다.

그런 마음을 잘 아는 친구도

쉽게 다가오지 못했습니다.

이렇게 포기하는 일이 많아져서인지 점차 표정이 어두워지고 있었습니다. 웃음이 적어지고 당당하던 모습은 점차 소심해졌습니다.

'병원을 바꾸면 좀 나아질까? 의사를 바꾸면 좀 나아질까? 과연 의사의 문제일까? 어떤 사람은 불임 진단을 받고도 아기를 낳았다는데 왜 문제가 없는 나는 아이가 생기지 않는 거지?'

왜 하필 하늘은 저에게 이런 시련을 주시는지 원망하고 또 원망했습니다. 그렇게 원망이 쌓여 갈수록 가슴은 더 답답해졌고 나쁜 기운이 제 몸과 마음에 가득해졌습니다. 앞으로도 언제까지 이 어둠 속에서 살아야 할지 막막했습니다.

자신을 잃어 간다는 게 무슨 말인지 알 것 같았습니다. 어둡고 소심하게 움츠러들고 말수도 줄어든 제 모습과 결혼 초기의 저를 비교해 보았습니다. 밝은 기운과 에너지가 넘치고, 씩씩하고 멋진 아내와 엄마를 꿈꾸는 새댁이었습니다. 두려움보다는 기대감이 더 컸습니다. 말보다는 행동으로 먼저 보였습니다. 그러나 지금은 활기를 잃고 어두운 사람이 되었습니다. 한없이 작은 사람이 된 저를 다시 채워 보기로 했습니다. 바닥을 치는 자존감을 다시 끌어올리기로 했습니다. 원망은 밖으로 털어 버리고 마음속의 어둠을 더 크게 만들지 말자고 다짐했습니다.

아직 포기하기에는 기다려 온 시간이 아까웠습니다. 내일을 살아야 할 이유를 찾았습니다.

환경은 바뀌지 않으니 마음을 바꾸면 모든 것이 달라지리라는 믿음으로 마음 수련을 시작했습니다. 먼저 제 상황을 객관적으로 바라봐야 했습니다. 멀찍이 떨어져서 나를 바라보는 일은 생각처럼 잘 되지 않았습니다. 연습과 연습을 통해서 폭풍 같은 마음을 잠잠하게 만드는 방법을 찾으려 했습니다.

폭풍이 지나간 마음은 고요해졌지만 곧 또 다른 폭풍이 나를 휩쓸었습니다. 마음을 바꾼다는 건 정말 어려운 일이었습니다. 내 마음인데 내가 어찌할 수 없다는 점이 저를 더 답답하게 만들기도 했습니다. 그래도 마음의 폭풍이 왜 일어나는지 원인을 찾고 폭풍을 계속 지켜봤습니다. 그러자 점차 폭풍의 횟수가 줄어들었습니다.

저는 지금도 마음 수련 중입니다. 마음을 다스릴 방법을 찾는다면 난임뿐만 아니라 다른 어떤 시련이 와도 잘 이겨 낼 수 있지 않을까 하는 생각으로 매일 수련하고 있습니다. 10년 뒤나 20년 뒤에는 제가 겪었던 이 시련을 웃으며 이야기할 시간이 오리라 믿고 오늘도 힘을 냅니다.

보 통 의   엄 마 들 처 럼

TV를 켜면 온통 아이들입니다. 예쁜 아이들을 보면서 너희도 낳으라고 권하는 것 같습니다. 방송에서 아이들은 할아버지와 할머니를 만나서 동물원에도 가고 즐거운 시간을 보냅니다. 아빠와 하루를 보내며 여러 가지 체험도 합니다. 그런 프로그램을 보면서 남편은 정말 귀엽다며 탄성을 지릅니다. 남편이 그럴 때면 아이들을 얼마나 예뻐하는지가 느껴지다가도 갑자기 감정이 확 상합니다. 저는 일부러 그런 방송을 피할 때가 많습니다. 예쁜 아이들을 보며 웃다가도 마음이 무거워지기 때문입니다. 그렇게 TV와 멀어졌습니다.

SNS에도 친구들의 임신 소식이나 아이들 사진이 잔뜩 있습니다. 축하한다는 댓글을 남기고 핸드폰을 내려놓자 감정이 다시 소용돌이칩니다.

"네가 오는 그날까지"

친한 친구들의 임신까지도 진정으로 축복하지 못하는 저 자신이 미워집니다.

'나는 언제쯤 저런 사진을 올릴 수 있을까?'

SNS에 임신 소식을 올리는 날을 상상했습니다. 그런데 시간이 흐르면서 생각도 변했습니다. 임신을 하더라도 요란하게 굴지는 말아야지 다짐합니다. 저처럼 아기를 기다리는 사람에게는 상처가 될 수도 있겠다는 생각 때문입니다.

SNS 속 그들은 무척 행복해 보입니다. 그러나 그들을 보는 저는 슬픕니다. 저를 제외한 모든 이가 행복한 가족처럼 보입니다. 남편은 그런 제 모습에 아랑곳하지 않고 친구의 아기 사진을 보여 주며 예쁘다고 연신 감탄합니다. 눈치 없는 모습에 화가 났지만 말하지 않았습니다. 그저 속이 끓습니다.

어디에도 설 자리가 없었습니다. 소속감이 사라졌습니다. 친구들과의 대화에서도 멀어졌습니다. 하늘의 뜻이라며 자신을 위로했지만, 하늘이 원망스러운 날이 많아지기 시작했습니다. 아이가 생기지 않는 이유를 하나하나 찾을 때마다 더 깊은 수렁 속으로 빠져들어 갔습니다.

저는 그저 지극히 보통의 엄마들처럼 아이를 어떻게 잘 키우고, 어떻게 잘 가르칠 것인지를 고민하며 살고 싶었습니다.

결혼을 하고 아기를 낳기 위해 이런 고생길을 걷게 될 줄은 몰랐습니다. 특히 직업을 포기하는 일이 생길 거라고 생각한 적은 없었습니다. 난임을 겪으면서 안정적인 직장 생활을 유지하기는 어렵습니다. 주기적으로 병원에 다니다 보니 오래 근무하지 못할 수도 있고, 혹시라도 아기가 생기면 조심하기 위해 그만두어야 하는 이유도 있습니다. 아이를 갖는 것과 일을 열심히 하는 것, 어느 하나에도 집중하지 못했습니다. 시간이 흐르고 보니 저는 직장도 없고 아기도 없는 사람이 되어 버렸습니다.

허무했습니다. 그동안 쌓아 온 커리어를 생각해서 일을 열심히 해야 하는 건지 아니면 아이를 갖기 위해 일을 포기해야 하는지 쉽사리 결정할 수 없었습니다. 둘 다 해낸다면 가장 좋겠지만 제가 할 수 있는 결정은 둘 중에 하나를 선택하는 일이었습니다.

병원에 다니기 위해서 꼭 일을 그만둬야 하는 것은 아니지만 많은 여성이 난임 치료를 받기 위해 일을 그만두어야만 하는 상황이 발생합니다. 그리고 몇 년간 시술을 받으면서 아이가 생기지는 않았음에도 경제적인 이유로 다시 일을 해야 하죠.

저 또한 난임 치료를 목적으로 일을 쉬다가 다시 직장을 구하려고 할 때 많은 어려움을 겪었습니다. 면접에서 아이를 낳으면 어떻게 할지를 질문받기도 했습니다. 아주 부적절한 질문이지만 현실적으로 고용주의 입장에서 가임기 여성을 고용할 때 고민되는 부분이기도 합니다. 임신을 하고도, 육아를 하면서도 일을 계속할 수 있는 환경이 하루빨리 자리 잡았으면 좋겠습니다.

　최근 경단녀(경력이 단절된 여성)의 재취업을 돕는 사회적 배려의 움직임이 나타나고 있죠. 그러나 이 배려의 범주에도 들어가지 못하는, 그저 일의 단절만 있는 난임 여성이 많습니다. 일반적으로 경단녀는 퇴직 사유가 임신이나 출산 그리고 육아일 경우를 칭합니다. 퇴직 사유에 난임은 포함되지 않습니다. 우선 난임을 바라보는 사회적 시선 때문에 밝히기도 어렵습니다. 난임 여성에 대한 사회적 배려가 좀 더 많아졌으면 하는 바람입니다.

　누구에게도 말하지 않고 혼자 해결하려고 노력했던 난임. 내가 난임이라는 말을 꺼내는 것조차 너무 어려운 일이었습니다. 저와 같은 사람이 있길 바라며 책에서 위로를 얻고 싶었습니다. 하지만 제가 원하는 책은 없었습니다.

　나도 너와 같은 길을 걷고 있다고 이야기하고 마음을 나눌 수 있는 책을 보고 싶었습니다. 의학적 지식이 아니라 진심으로 따뜻한 위로가 필요했습니다.

　그러나 제가 찾은 책들은 온통 체온을 따뜻히게 유지하라거나 어떤 음식을 먹으라거나 어떤 방법이 좋다 등의 말만 가득했습니다.

　또한 난임에 대한 책 자체를 찾기 힘들었습니다. 저도 그렇지만 많은 사람이 난임을 겪고 있어도 그 사실을 드러내고 싶어 하지 않는다는 걸 서점에서도 다시금 느꼈습니다.

반면 시중에 육아 서적은 정말 많습니다. 우리 엄마들이 치열하게 고민하고 살아온 시간들이 담겨 있는 결과물입니다. 부러웠습니다.

보통의 엄마들은 그들의 고민을 나눌 수 있는 책도 많았습니다. 하지만 그렇지 않은 엄마들을 위한, 마음 아파하는 부모들을 위한 책은 없었습니다. 그렇기 때문에 제가 쓴 책이 출간된 후에 난임 부부들이 많이 읽고, 많이 썼으면 좋겠습니다.

엄마로서 쓰는 책도 의미가 있지만 분명 아이를 기다리는 과정에서 그 마음을 다루는 책도 의미가 있을 거라 생각합니다. 난임은 숨겨야 할 이야기가 아니니까요.

●

심적인 괴로움부터 경력 단절이라는 현실까지.

부모가 되기 위해
인고의 시간을 보내고 있는 난임 부부에게

책을 통해

저 또한 그런 시간을 보내고 있다고,
그대만 힘든 것이 아니라고 위로하며

함께 나아가고 싶습니다.

우리도 이 시간을 지혜롭게 잘 이겨 내고
보통의 엄마들처럼 그 길을 걸어가자고 말입니다.

PART 2

난임이라서

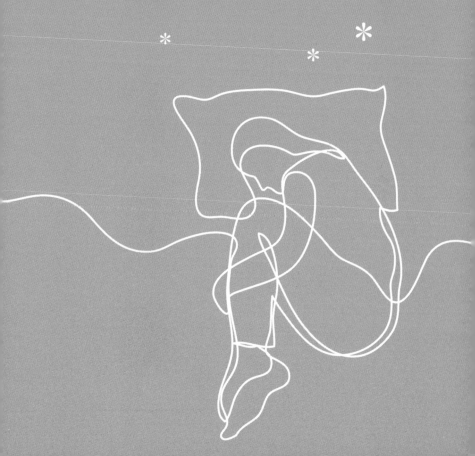

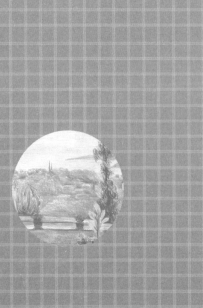

누구의 잘못도 아닌

추어탕, 포도즙, 전복… 임신에 좋다는 건 입에 맞지 않아도 전부 챙겨 먹었습니다. 두 번의 인공수정 후에 시도한 시험관 시술 때는 마치 아이가 생긴 것처럼 잘 붙어 있어 달라고 배를 쓸면서 속삭이기도 했습니다. 혹시라도 움직임에 자리 잡지 못할까 봐 움직이지 않으려 각별히 노력했습니다. 수험생 집에서 미역국을 먹지 않는 것처럼, 들고 있는 물건 하나 떨어뜨리지 않으려는 것처럼 조심 또 조심하려 노력했습니다. 그러나 유리처럼 약해진 마음은 작은 말 한마디에도 금이 가서 울컥, 짜증을 내 버립니다.

동네 이불 가게 아줌마는 10년 만에 아기를 낳았고, 속옷 가게 손녀도 난임이며, 백반집 아줌마 딸도 시험관 시술 두 번 만에 아기를 가졌다고 합니다. 그런 이야기를 들을 때면 난임이 저만 겪는 일이 아니라는 생각이 들다가도 조금이라도 서운한 상황이 오면 이 세상에 저 혼자만 있는 것만 같았습니다. 위로의 말들도 부정적으로 해석했습니다. 난임을 겪기 이전까지는 어떤 일에도 아주 쉽게 아는 대로 이야기하고 단정 지었습니다. 그러나 지금은 함부로 말하지 못합니다. 저의 가벼운 말로 인해 누군가가 상처받을까 두려웠습니다. 그래서 입을 열기 전에 다시 생각하다 보니 말을 아끼게 되었습니다. 소심해지고 말수가 줄어 갔습니다.

시술 후에는 다시 실패할까 두려웠습니다. 시술을 시작할 때는 희망과 설렘이 있었지만 실패로 돌아올 때의 허무함과 공허함이 두려웠습니다. 실패를 알리는 간호사의 목소리가 무서웠습니다. 생리를 보며 감사해야 할지, 눈물을 흘려야 할지 수십 가지 감정이 교차했습니다. 누구는 생리가 규칙적이지 않아 임신 기회가 없다고 하는데 꼬박꼬박 제 날짜에 나오는 생리 때문에 한 달에 한 번씩 가슴 졸이는 제가 싫었습니다.

오로지 첫 번째를 아기 생기는 일로 두고 그동안 계획했던 것들을 다 미루고 포기했습니다. 아무것도 못 하고 병원을 왕복하는 데 쓴 시간까지 다 아깝고 억울했습니다. 아기를 낳게 된다면 언제 그랬냐는 듯 이런 기억과 시간이 다 잊힐까요? 망각이 고맙기도 하지만 아쉽기도 합니다.

우리나라에서는 인생에 정해진 시기들이 있습니다. 고등학교를 졸업하면 대학교에 가고, 대학교를 졸업하면 취직해야 하며, 취직하고 나면 결혼해야 합니다. 결혼이 늦어지면 무언가 부족함이 있는 것 아니냐는 소리를 듣기도 하고 이미 결혼한 친구들과 멀어지기도 합니다. 그리고 결혼을 하면 아이를 낳아야 합니다. 아이를 안 낳거나 못 낳아도 큰일이 난 것처럼 이야기합니다. 특히 명절에 주고받는 말들이 그렇지요. 개인적인 이유나 사정은 중요하지 않습니다. 그저 사회에서 정한 틀에서 조금 늦어지거나 반대되는 선택을 하면 많은 설명이 필요해집니다.

가장 두려운 점은 불효하고 있다는 생각이 들 때부터입니다. 불효를 저지르고 있는 것 같은 불편함을 느낍니다. 어떤 날은 정말 불효자 취급을 받을 때도 있습니다. 아기가 생기지 않은 건 누구의 문제도 아닙니다. 그런데도 혼자 자책할 때가 생기며 또 그런 스스로에게 화가 나기도 합니다. 그러나 무엇 하나 현실에서 달라지는 건 없습니다. 누가 달라져야 할지 모르겠습니다. 이렇게 저렇게 말하기 좋아하는 사람들이 달라져야 하는지, 듣고도 신경 쓰지 않도록 제가 달라져야 하는지 모르겠습니다. 다만 제가 달라지는 것이 가장 속 편하다는 건 알 것 같습니다. 하지만 아직도 제게 큰 상처로 다가오는 말들이 있습니다. 그중에 하나가 불임이라는 말입니다.

불임. 이 단어는 저를 위축시킵니다. 사회적 일원으로서, 여자로서 소임을 다 하지 못하고 있다는, 제가 엄청 부족한 사람인 것처럼 느껴집니다. 이 단어를 가벼이 여기고 사용하는 사람들을 보면 한마디 해 주고 싶습니다. 이 단어가 사람을 얼마나 힘들게 하는지 겪어 보지 않은 사람은 모릅니다.

불임의 사전적인 뜻은 임신하지 못하는 일이라고 되어 있습니다. 난임의 사전적 정의는 임신하기 어려운 일 또는 그런 상태입니다. 못 하는 것과 어려운 상태에는 엄청난 차이가 있습니다. 난임은 임신이 늦어지는 것입니다. 잘 모르는 누군가에게 불임이라는 말을 들으면 제가 붙잡고 있던 희망의 끈이 사라지는 것 같아 힘이 빠집니다. 제가 받은 상처 때문에 저는 오늘도 다른 사람의 아픔에 대해 말할 때 조심하고 또 조심합니다. 작은 말 한마디가 누군가에게 상처가 될 수 있고 좌절을 일으킬 수도 있습니다.

폭풍처럼 화를 내고, 울기를 반복하면서 한 가지를 알게 되었습니다. 결혼하고 둘이 행복하고 즐기면서 살았던 시간보다 아기를 기다리며 눈물 흘리고 서로를 위로한 시간이 더 많았다는 것을요. 분명 아기를 낳으려고 결혼한 것은 아니었습니다. 그러나 어느 순간부터 우리는 아이가 있어야 진정한 부부가 되는 것처럼 행동하고 있었습니다. 갖지 못한 것에 대한 집착처럼 아이를 원하고 있었습니다. 그 때문에 우리 부부가 불행하게 된 것입니다.

아기가 올 거라는 믿음으로 아기만을 보며 달려온 시간이 더 깁니다. 지인들 앞에서는 급하지 않은 척, 아이를 기다리지 않는 척했지만 늘 아이를 간절히 원하고 있었습니다. 빨리 아이를 만나고 싶었고, 빨리 키우고 싶었으며, 빨리 엄마가 되고 싶었습니다. '빨리' 그리고 '지금 당장'이 늘 전제였습니다. 그러면서도 자연 임신을 바랐기에 난임 치료를 위해서 병원에 다닌 시간보다 병원을 가야 할지 말아야 할지, 치료를 해야 할지 말아야 할지 고민했던 시간이 더 길었습니다. 생각을 깊게 하면 할수록 아기에게서 더 멀어져 가는 느낌이었습니다.

우리가 행복하게 살고 그 삶 속에서 아이가 있다면 더 좋은 삶일 것입니다. 처음부터 잘못된 길을 가고 있음을 깨달았습니다. 우리 부부는 인생에서 아기가 필수조건인가를 다시 진지하게 되돌아보았습니다. 시간이 흐를수록 아이의 존재가 우리 행복의 필수조건이라는 것을 깨달았습니다. 그렇다면 이제 더 이상 시간을 끌지 않고 최선을 다해 노력하는 방법만 남았습니다.

결혼 3년 차, 예민함이 최고조였던 때가 있었습니다. 남편의 모든 행동이 미워 보였습니다. 시댁에서 하는 말들 또한 모두 아기와 관련된 이야기로 들렸습니다. 아무도 만나기 싫었고 이야기 듣는 것도 싫었습니다. 매일 밤 눈물로 하루를 마감했습니다. 오로지 일에 의지했고 쉬는 시간이나 여가 시간도 싫었습니다. 결혼하지 않은 친구들처럼 아기 이야기를 할 필요가 없는 사람들만 골라 만났습니다. 피하는 것이 가장 좋은 방법이라 생각했습니다. 제 마음 상태를 체크하고 다스리는 데 집중하기보다는 누가 나에게 어떤 말을 했는지, 내가 얼마나 기분 나빴는지를 파고들었습니다. 남들 이야기가 듣기 싫었고 모든 것에서 도망치고 싶었습니다.

미움의 화살은 다른 사람뿐만 아니라 가장 가까운 사람들을 향하기도 했습니다. 저희 부부를 너무나도 예뻐하시는 시부모님에게도요. 가까이 사시는 시부모님과 자주 저녁을 같이 먹곤 했는데 그것이 시간이 흐를수록 부담스러워졌습니다. 밥 한 끼 같이 먹자는 그 작은 요구도 버거웠습니다. 시부모님에 대한 힘든 마음을 감추고 집에 돌아오면 남편이 짜증의 대상이 되었습니다. 분명히 어른들의 행동이나 말은 변한 게 없었습니다. 그런데도 제게 약점이 생긴 것처럼 불편하고 어색했습니다. 그러다 보니 역시 피하고 싶었습니다. 남편에게 시부모님과 만나 힘들고 속상하다고 계속 말하다 보니 남편도 지쳐 가기 시작했습니다. 아이는커녕 우리 부부가 더 이상 함께 살기 어렵겠다는 생각이 들었습니다.

저 자신을 고치든지 우리가 끝을 내든지 둘 중 하나를 선택해야 했습니다. 쉽지 않았습니다. 마음 상태가 바닥이니 더 내려갈 곳도 없었습니다. 기쁨도 즐거움도 없고, 어떤 선택을 하고 무엇이 우리를 행복하게 할지 헤아릴 수 없었습니다. 결과를 얻지 못한다면 어떤 길을 택하더라도 지옥일 것 같았습니다. 한 달에 한 번씩 호르몬의 노예가 되어 힘든 감정 기복을 겪고 다시 회복하기를 반복했습니다. 그러면서 난임 이유를 다른 곳에서 찾기 시작했습니다.

그 대상은 집이었습니다. 지금 집이 맞지 않아 우리에게 아기가 생기지 않은 것이라고 단정 지었습니다. 신혼집은 비록 작았지만 햇빛도 잘 들고 생기가 있어 마음에 쏙 들었던 집이었습니다. 그런데 시간이 지날수록 그 집에서 답답함을 느꼈습니다. 이 집에 살아서 어려운 일이 많이 생긴 것 같았습니다. 좋은 일보다는 안 좋은 일이 더 많았다는 생각이 들자 집이 점점 더 싫어졌습니다.

그러던 찰나에 집주인이 매매를 원했고 전세였던 우리는 다른 집으로 이사했습니다. 자의 반, 타의 반으로 옮긴 새로운 집에서 새로운 마음으로 다시 시작하고 싶었습니다. 이사를 가자 달라진 환경 덕분에 가슴이 확 트이는 것 같았고 한결 편해졌습니다.

새로운 환경에서 인공수정부터 시작하기로 했습니다. 잘 될 거라는 희망과 기대감이 있었습니다. 하지만 하루에도 열두 번씩 기분이 오르락내리락했습니다. 몸이 지치고 힘들었던 것도 있었지만 마음이 문제였습니다. 몸이 피로하면서 마음이 더 약해졌습니다. 아기를 인위적으로 만들어 낸다는 불편함도 느끼기 시작했습니다. 이렇게까지 해야 하는지 자책감이 들었습니다. 시험관 시술이나 인공수정에 대해 각오를 하지 않았던 것은 아니었지만 막상 몸에 여러 시술을 하고 여러모로 고통스러운 과정을 겪으니 몸의 변화만큼 마음도 많이 흔들렸습니다.

그 당시에 저는 여러 시술을 받으면서도 마음속으로는 막연하게 자연 임신을 꿈꾸고 있었습니다. 의사의 말보다는 누가 시험관 시술을 포기하고 쉬면서 자연 임신했다는 소문을 더 자세하게 듣고 싶어 했습니다. 그런 막연한 기대를 마음에 품은 채 시작한 두 번의 인공수정은 모두 실패였습니다.

괜찮은 척

난임으로 보낸 시간은 대부분이 상처와 아픔으로 가득했습니다. 준비하고 대비하기보다는 아이를 갖지 못한 시간에 대한 후회와 자책감이 더 컸습니다. 상처와 아픔이 반복될수록 수렁에 빠져서 나오지 못하는 날이 많았습니다. 시간이 지나면서 조급함을 내려놓을 수 있게 됐지만 언제 그랬냐는 듯 다시 깊은 수렁에 빠지기도 했습니다. 끝이 없을 것 같은 순간을 받아들이려 노력했습니다. 그리고 빨리 이 시간이 지나가길, 난임의 기간이 끝나길 기다렸습니다.

아기라는 존재가 여자로부터 태어나긴 하지만 혼자 만들 수는 없습니다. 그런데 난임 치료를 하다 보면 혼자라고 느낄 때가 많습니다. 주위의 시선과 말로부터 자유롭지 못하며 병원에도 여성이 자주 방문해야 합니다. 일에 지친 남편이 이 모든 과정을 함께하는 것을 기대하기란 어렵습니다. 서운함은 어쩔 수 없습니다.

남편은 일과 회식까지 하고 들어오면 녹초가 되어 있습니다. 저는 오늘 병원에서 얼마나 힘들었는지, 매일 같은 시간에 주사기로 배를 찌르며 병원에 혼자 다니는 것이 얼마나 지치는 일인지 말하고 싶지만 일로 지친 남편에게 그런 말을 할 수 없습니다. 소통의 시간 없이 지내다 보면 상대에게 짜증이 늘어나기 시작합니다. 이 모든 일이 아기를 낳기 위한 과정인데 저만 원하고 고생하는 것 같아 놓아 버리고 싶기도 합니다.

제 삶의 모든 계획이 아기에게 맞춰져 가고 있었습니다. 작은 휴지통을 하나 살 때도 아이가 생겨도 쓸 수 있는지 고민하고, 옷을 살 때도 임신하고도 입을 수 있는 옷인지 고려했습니다. 시간은 야속하게 흘러가고 몸과 마음은 지쳐 가는데 아기는 아직 오지 않았습니다.

친구가 임신했다는 이야기를 듣습니다. 친척 중에 우리만 아이가 없다는 이야기를 듣습니다. 마음이 흔들리고 눈앞이 깜깜해집니다. 인생에서 큰 잘못을 저지르고 있는 느낌입니다. 저보다 늦게 결혼한 친구나 후배들이 아기를 낳습니다. 소식을 들을 때마다 마음이 조급해지고 불안해집니다. 시댁에서 누구네 손자가 예쁘다거나 누구는 벌써 둘째를 낳았다는 말씀을 하실 때도 있습니다. 나만 생각하자고 마음을 다잡아도 벼랑 끝에 서 있는 느낌입니다.

지나가는 바람에도 눈물이 흐르고 TV를 보다가도 눈물을 떨어뜨립니다. 그럴 때는 그냥 눈물이 더 이상 나오지 않을 때까지 열심히 울어 봅니다. 결국 어느 순간 왜 울었는지도 모르게 힘들어서 그치니까요. 괜찮다가도 문득 눈물이 흐를 때도 있고, 펑펑 울다가도 이제 그만하자는 때가 오기도 합니다. 이 상황과 이 감정 그리고 이 눈물까지. 지금 이 순간을 그냥 받아들여 봅니다.

인공수정으로 희망이 보이지 않아 시험관 시술을 계획했습니다. 일단 시험관 시술을 시작하면 모든 것이 금방 끝나리라 여겼습니다. 가장 어려운 전신마취 후의 난자 채취도 무섭고 두려웠지만 아무것도 몰랐기에 아무렇지 않은 척 잘 넘어갔습니다. 나 말고도 많은 사람이 이 과정을 담담하게 하고 있으니 괜찮을 것이라고 스스로를 다독였습니다.

이식까지 끝내고 집에서 휴식을 취했습니다. 행여나 잘못될까 움직임을 최소화했고 모든 집안일을 남편에게 맡겼습니다. 음식도 배달시켜 먹었습니다. 누워만 있었더니 일주일 만에 2킬로그램이나 늘었지만 좋은 소식만 있다면 몸무게는 아무 문제도 아니었습니다. 다만 이렇게까지 아무것도 하지 않은 채로 누워 있었는데 결과가 안 나올까 봐 걱정되었습니다. 순간순간이 버려지는 시간처럼 느껴졌습니다. 아무것도 안 하고 있는 것 같아 죄책감이 들었습니다.

그렇게 지내다 1차 피검사를 하러 병원에 갔습니다. 의사도 만나지 않고 피검사만 하라고 해서 걱정되고 떨렸습니다. 노란 고무줄로

팔을 묶고 알코올 솜으로 살갗을 닦습니다. 바늘이 들어가는 순간 입에서 윽 소리가 흘러나왔습니다. 차가운 바늘이 느껴졌습니다. 느낌이 좋지 않았습니다. 피도 아프게 뽑히는 것 같고 마음이 불안했습니다. 그렇게 1시간을 달려 도착한 병원에서는 피만 뽑고 집으로 돌아왔습니다. 허무했지만 앞으로 계속 이렇게 피검사를 자주 해야 하니 적응하기로 마음먹었습니다.

사람들은 시험관 1차에 성공하는 것을 로또라고 부른다고 합니다. 남편에게 물어 보니 로또 10만 원에 한 번 당첨된 적이 있다고 합니다. 우리도 내심 한 번에 성공하기를 기대했습니다. 무엇과도 견줄 수 없는 아기라는 선물이 오기를 간절히 바랐습니다. 병원에서 전화가 왔을 때 1차 검사를 통과해 그다음 검사 날짜를 들을 거라 생각했습니다. 제 몸의 모든 증상이 임신이라 말하는 것 같았습니다. 그러나 시험관 시술 1차는 실패했습니다. 피검사 수치 결과가 0이라고 합니다. 사실 간호사의 가라앉은 목소리에서 이미 결과를 짐작했습니다. 상상하고 계획했던 것과는 전혀 다른 방향이었습니다. 안 될 거라고 생각하면 정말 그렇게 될까 봐 애써 생각하지 않으려고 노력했는데 현실은 냉혹하게 아니라고 말합니다. 저는 괜찮은 척 고맙다고 말하고 전화를 끊었습니다.

읽던 책을 다시 폈습니다. 눈앞이 흐려져서 글자가 하나도 안 보였습니다. 눈물이 뚝뚝 흘렀습니다. 눈을 비비며 소리 내어 책을 읽어 봅니다. 아무리 읽어도 눈물이 멈추지 않았습니다. 타임머신이 있다면 이 이야기를 듣지 않았던 1분 전으로 돌아가고 싶었습니다. 빨리 잊어버리고 싶었습니다. 현실을 받아들이기 힘들었습니다. 한참을 울다 겨우 진정이 되었습니다.

그렇게 앉아 먼산바라기를 하고 있을 때 남편이 들어왔습니다. 이번에는 잘 안 되었다고 말해야 하는 순간이 오자 다시 눈물이 터졌습니다. 겨우 진정했는데 사실을 제 입으로 말하려니 만감이 교차했습니다. 괜찮다고 마음속으로 수십 번 말하고 진정시켰는데 사실은 전혀 괜찮지 않았습니다. 남편은 저를 안아 주었습니다. 이제 1차였고 앞으로 가야 할 길이 더 많으니 여기서 포기하면 안 된다는 걸 잘 알고 있습니다. 저보다 훨씬 더 많은 도전과 실패를 경험한 사람도 많습니다. 하지만 이대로 감정을 누르면 나중에 더 크게 터져 버릴 것만 같아 며칠 동안만 마음껏 아파하고 마음껏 울었습니다.

시간이 지나고 일상으로 되돌아왔습니다. 다시 힘을 내기 시작했습니다. 아침에 일어나 건강한 식사를 준비하고, 운동도 하고, 취미 생활도 했습니다. 아플 땐 치열하게 아프기로 했습니다. 저 자신에게 솔직해지기로 했습니다. 모든 것이 계획대로 되지 않았고 실패 투성이지만 다시 한번 멋진 계획을 세우고 도전해 보기로 했습니다.

우 리 에 게   아 이 가   없 는   이 유

　　명절 그리고 제사를 지내는 날은 정말 괴롭습니다. 시장을 보고 음식을 하는 것이 두려운 게 아닙니다. 제사를 지내는 동안 들어야 하는 이야기들과 견뎌야 하는 시간이 두려웠습니다. 제사에는 친척들이 참여합니다. 친척들은 자연히 서로 어떻게 지내는지, 직장은 잘 다니는지, 아이는 몇 살인지를 묻습니다. 사실 저는 어른들을 불편해하지 않는 편인데 아이가 없기 때문인지 그런 시간이 정말 싫습니다. 아직 아이가 없냐는 말에 대답하는 것도, 아이가 없는 이유를 설명해야 하는 현실도 너무 잔인하게 느껴졌습니다.

　　그리고 시부모님. 시부모님은 제사를 지낼 때면 항상 조상님께 한 해 소망에 대해 이야기하십니다. 그 이야기를 마음속으로 하시면 좋겠는데 다 들리도록 남편 이름을 부르며 자식을 달라고 하십니다.

손주를 바라시는 마음은 알지만 그 이야기를 들어야 하는 며느리로서 정말 힘들었습니다. 청개구리 성격인 저는 시부모님의 소원을 듣자마자 속으로 기도했습니다. 지금 행복하게 잘 살고 있으니 앞으로도 이렇게 행복하고 건강하게 해 달라고 말입니다. 아이를 낳고 싶은 간절한 마음은 다름이 없지만 그 순간만큼은 아이에 대한 기도는 하지 않게 되었습니다.

사실 시어머님은 평소에도 자주 그런 내색을 내비치십니다. 시어머님이 그러실 때마다 시아버님은 애들은 얼마나 힘들겠냐며 우리 편을 들어주셨었습니다. 그런데 이번 명절에는 시아버님이 제사를 지내며 아들을 달라고 이야기하는 모습을 보고 충격을 받았습니다. 같은 자리에 있었지만 남편은 시아버님이 아들 달라고 기도하는 소리를 듣지 못했습니다. 그때만은 눈치가 빠르고 귀도 밝은 제가 미워졌습니다. 몰랐다면, 이렇게 상처를 받지 않았을 텐데요.

제사가 끝나고 음복하는 시간이 왔습니다. 저는 대추나 밤을 좋아하지 않습니다. 그래서 다른 것을 먹으려고 하자 시어머님은 대추를 권하셨습니다. 그 마음이 무엇인지 알기에 속이 상해서 대추를 좋아하지 않는다고 말했습니다. 그러자 시어머님은 대놓고 이런 게 씨를 불러다 주니 먹어야 한다고 말씀하셨습니다.

너무 화가 났지만 꾹 참고 웃으며 먹어서 아기가 나올 것 같으면 벌써 몇은 나왔겠다고 대꾸했습니다. 웃으면서 할 말을 다 했어도 정말 속상했습니다. 먹으라고 강요하는 것도 싫었고, 그렇게 이야기하시는 것 자체가 너무 미웠습니다. 말씀하시는 말투도 정말 미웠습니다. 제가 난임의 원인인 것처럼, 저 때문에 아이가 생기지 않는다는 말을 들은 기분이었습니다.

이런 일이 한 번씩 생길 때마다 잘해 주셨던 기억은 온데간데없이 사라지고, 상처만 깊이 남아 버립니다. 또 대추를 먹으라고 강요하셨을 때는 그냥 한 입 먹고 바로 남편에게 주었습니다. 안 먹겠다고 몇 번을 이야기했지만 끝까지 먹으라고 하시는 통에 어쩔 수 없이 먹었습니다. 눈물을 꾹 참았습니다.

남편도 미웠습니다. 그래서 남편에게 이제는 명절에 한 번씩 돌아가면서 각자의 집에 먼저 방문하자고 하자 난감해 했습니다. 그렇게 할 수 있는 성격도 아니지만 자기 집 제사는 누가 하냐며 받아쳤을 때는 그이도 똑같은 인간 같았습니다. 시아버님과 남편 모두 자상하고 모든 일을 도와주는 편이어도 전을 부치거나 시장을 봐서 상차림을 준비하진 않습니다. 너무 불합리하다는 생각이 들었습니다.

어려서부터 제사를 지내 왔고, 조상을 모시는 일이 당연하다고 여기며 살아왔는데, 사정이 이렇다 보니 막상 제사를 돕고 상을 차리는 일은 힘들고 짜증 나는 일이 되어 버렸습니다. 시어머님은 딸인 형님에게는 아들을 낳으라는 말씀을 안 하십니다. 딸이 둘인데 더 낳지 말라고 하십니다. 그러면서 우리에게는 아들을 달라고 기도하시는 모습을 보니 참 마음이 불편했습니다. 누구나 팔은 안으로 굽는다는 말이 생각났습니다.

게다가 형님은 시댁에 매년 가지는 않는다고 했습니다. 동서와 번갈아 명절 준비를 하기로 했다고 합니다. 참 부러웠습니다. 시어머님은 형님에게 그러면 안 된다고 혼내기도 하고 무어라 이야기했지만 결국 형님은 잘 살고 있습니다. 남이 이목을 신경 쓰지 않고 과감한 선택을 한 형님이 부럽고 대단해 보였습니다.

최근 〈며느라기〉라는 웹툰을 보며 참 많이 공감했습니다. 그 만화에는 형님과 같은 선택을 한 사람의 이야기도 있습니다. 세대를 불문하고 고부 갈등은 언제나 존재하는 문제입니다. 특히 난임 부부에게는 절대적으로 더 큰 시련이 있을 것입니다.

사실 저는 시부모님께서 듣기 싫은 이야기를 할 때도 어른 말씀이니 귀담아 들으려 합니다. 그건 아니라고 하고 싶은 순간도 많지만 이해하려 노력했습니다. 특히 남편이 시어머님에게 말대꾸하는 경우에도 남편에게 그러지 말라고 이야기했습니다.

부모님들은 그 생각과 고집대로 60년을 넘게 사신 분들이라 우리의 생각을 이야기하더라도 듣지 않으실뿐더러, 우리가 자신들과 생각이 다르다는 이야기를 듣고 엄청나게 서운해하십니다. 그런 과정들이 너무 불편해서 그냥 '예' 하고 지나갔으면 할 때가 많습니다. 그런데 그런 감정들이 알게 모르게 쌓여 있었던 것 같습니다.

웹툰을 보자 정말 제 상황과 비슷해서 속상했고 한편으로는 당당하게 자신의 마음을 이야기하는 주인공이 부러웠습니다. 만약 아이가 있었다면 이런 생각이 들지 않았으리라는 생각에 더 가슴이 아팠습니다. 가족들과 즐겁게 보내야 하는 시간인데 왜 며느리는 가슴이 썩어가야 하는지 참 안타깝습니다.

제사가 끝나고 친정집으로 떠나야 하는 시간이었습니다. 시어머님은 가끔 점심까지 먹고 가길 원하십니다. 한 번씩 그러실 때마다 속상했습니다. 남편이 계속 가 보겠다 인사하는데도 몇 번이고 말을 돌리고 다른 이야기를 하셨습니다. 그렇게 오전 10시에 제사를 지낸 뒤 상을 다 치우고 시댁을 떠났습니다.

나오자마자 남편과 커피숍에 들러 커피를 사서 마셨습니다. 저의 스트레스 해소법은 커피 마시기입니다. 속상했던 마음을 커피로 달래며 남편에게 하소연을 했습니다. 어차피 남편에게는 친부모님이니 제가 말해 봤자 불편하기만 하다는 걸 잘 알고 있습니다. 그런 마음을 알면서도 하지 않아도 되는 말들을 내뱉어 버립니다.

참고 이야기하지 않는 것이 옳은 건지, 불편함을 말씀드리고 다음에는 안 그래 주셨으면 좋다고 이야기하는 것이 맞는 건지 잘 모르겠습니다. 중요한 것은 불편하다고 말하는 일 자체가 제게는 스트레스라는 사실입니다.

얼마 전 청와대 국민 청원방에 명절을 없애 달라는 청원글이 올라왔다는 뉴스를 보고 정말 크게 웃었습니다. 문득 진심으로 찬성하고 싶다는 생각이 들었습니다. 유치하고 어이없는 발상이라는 것을 알지만 난임을 겪고 있는 7년이라는 시간 동안 1년에 몇 번씩 치르는 제사, 명절 그리고 생일 등 가족 모임에서 매번 아이 문제에 대해 죄지은 듯 대답해야 하는 것이 미치도록 힘들고 지겹습니다.

저만 이런 감정을 느끼는 것은 아니겠지요? 남편은 이런 아내의 마음을 알긴 하는 걸까요? 속상한 하루입니다. 이번 명절과 제사도 지나갔습니다. 앞으로 남은 시간을 어떻게 보내야 할지 생각이 많아지는 명절이었습니다.

의 사 의 말 보 다

여러 병원에 다녔습니다. 일반 산부인과부터 난임 병원까지. 난임 병원에 다니면서 시간이 없을 때는 가까운 산부인과에 가서 진료를 받은 적도 많았습니다. 첫 번째는 가장 가깝고 편하게 다닐 수 있는 출산 병원이었습니다. 그곳에서 처음 상담을 시작했을 때 저는 기초적인 지식조차 없었습니다. 피임의 종류가 그렇게 많다는 것도 의사의 말을 듣고 알았습니다. 혼나듯이 설명을 듣고 나오니 너무 몰랐다는 생각이 들었습니다. 하지만 임산부들이 많은 병원이 불편해지기 시작했습니다.

난임 병원에서 체계적인 검사를 받아 보는 게 좋을 것 같아 난임 병원으로 옮겼습니다. 비용이 걱정되긴 했지만 일단 검사를 통해 정말 문제가 없는 건지 알고 싶었습니다. 생리 주기마다 호르몬과 자궁

78
"네가 오는 그날까지"

경을 살펴보는 여러 가지 검사를 했습니다. 그런 검사만으로도 원인을 찾을 수 있고, 임신이 된다는 말을 들었기에 병원에 입장하는 동시에 임신의 꿈에 빠져들었습니다. 몇 달을 다니면서 난포를 자라게 하는 호르몬 약을 먹고 자연 임신을 시도했습니다. 그러나 별다른 소식이 없었습니다. 검사하고 병원에 다니면서 자연 임신을 시도하길 6개월, 인공수정과 시험관 시술밖에는 다른 별다른 선택이 없었습니다. 하지만 처음에는 그런 시도를 할 생각은 없었습니다. 당연히 병원에 다니면서 주기를 맞추다 보면 생길 거라고 생각했습니다.

시간이 흐르자 의사도 조심스럽게 인공수정 방법에 대해 설명했습니다. 나이가 많은 편은 아니라 자연 임신을 더 시도해도 좋고 급하다고 생각하면 인공수정을 해도 좋다고 말했습니다. 인공수정을 해보자는 말은 들리지 않았고 자연 임신을 계속 시도해도 된다는 말만 들렸습니다. 그것만 듣고 싶었는지 모릅니다. 인공수정은 한 번도 생각해 보지 않았기에 그 난임 병원을 멀리하고 자연 임신이 되길 기다렸습니다.

한 달 그리고 다시 한 달. 병원을 다닐 때보다 더 신경이 쓰였습니다. 임신하면 하지 못할 일들을 지레 짐작해 어떤 일을 계획하는 것조차 미루는 삶이 시작되었습니다. 여행을 가려다가도 그때 임신할수도 있으니 그냥 포기하자는 식이었습니다. 아주 많은 계획이 기약도 없이 미뤄졌습니다.

이제 와 생각해 보면 임신 때문이라는 건 현실을 마주 보지 않으려는 핑계였습니다. 몇 년 동안 당연히 임신이 된다는 생각으로 임신만을 기다렸습니다. 3년, 4년이 흐르고 되돌아보니 정작 임신을 위해서 아무것도 하지 않고 시간만 보냈습니다. 해야 하는 일도 임신을 핑계 삼아 하지 않고 있었습니다. 그렇게 시간이 한참 흐른 뒤에야 빈껍데기 같은 저 자신이 보였습니다. 원하는 물건조차 쉽사리 사지 못하고 아이를 핑계로 멈춰 있는 자신이 보였습니다. 삶의 기준을 임신이 아니라 다른 것으로 바꿔 보기로 했습니다. 더 이상 끌려다니는 제 모습이 보기 싫었습니다. 그동안 사지 못했던 옷도 사고, 다이어트도 하며, 배우고 싶었던 것들을 배우면서 자신감을 회복해 나갔습니다.

새로운 마음으로 병원을 옮겼습니다. 시댁에서 추천한 병원이기도 했고 멀더라도 다시 한번 다녀 보자는 마음으로 시작했습니다. 그러면서도 시술은 피하고 자연 임신이 되길 기다렸습니다. 인공적으로 아이를 가지는 것에 대한 반감도 있었고 마음속 깊은 곳에서 무조건 자연 임신이 될 거라고 믿고 있었습니다.

병원에서는 이전 병원과 마찬가지로 각종 검사를 하고, 원인이 따로 있는 것 같진 않으니 자연 임신을 시도해 보자고 했습니다. 몇 달이 지나고 자궁 안에 작은 폴립이 보이니 그것을 제거하는 방법도 있고 바로 인공수정을 하는 방법도 있다고 했습니다. 지금 생각해 보면 폴립 제거나 인공수정이나 힘든 건 마찬가지였는데 그때도 여전히 인공수정은 아직은 아니라는 생각이 머릿속에 가득했습니다.

무엇이라도 하나쯤은 해 봐야겠다는 생각에 폴립 제거를 하기로 했습니다. 그러고 나니 마음이 많이 지쳤습니다. 차가운 시술대에 처음 누워 봤고 마취를 하는 과정은 아무리 마음의 준비를 단단히 했다지만 너무 힘들었습니다. 폴립 제거 후 임신했다는 사례들을 보며 저도 그렇게 될 거라 믿었습니다. 인터넷에선 폴립 제거 후 자연 임신에 대한 사례가 엄청 많았지만 제게 그런 일은 찾아오지 않았습니다. 그렇게 또 몇 달이 흐르고 더 이상은 미루면 안 되겠다는 생각에 다시 병원을 방문했습니다.

그렇게 피하고 피했던 인공수정을 시작했습니다. '이 결정을 내리기까지 참 많이 돌아왔구나. 처음부터 고민하지 말고 시술을 했더라면 힘들더라도 시도가 됐을 텐데, 4년이라는 시간을 돌고 돌아 결국 이 선택을 하는구나' 싶었습니다. 그렇게 결정을 내리고 나니 모든 과정이 기다렸다는 듯 일사천리로 진행되었습니다. 그렇게 첫 번째 인공수정의 과정에 들어갔습니다.

배란 유도제를 처방받고 매번 같은 시간에 복용했습니다. 약을 다 먹고 병원에 가서 난포가 얼마나 자랐는지 확인한 후, 의사의 진단에 따라 다시 주사를 맞았습니다. 며칠 후 병원에서 난포가 터지는 주사를 처방받고 저녁에 혼자 주사를 놨습니다. 처음이라 조금 떨렸지만 무섭지는 않았습니다. 그렇게 인공수정 날짜가 결정되고 남편은 아침 일찍 병원에 가서 정자를 채취하고, 정자가 약품 처리될 때까지 3시간을 기다렸습니다.

이 첫 번째 인공수정에서 저는 컨디션 관리를 하지 못해서 고열에 시달렸습니다. 감기가 심해져 밤새 고열이 나고 콧물과 눈물을 흘렸습니다. 당일에 감기가 심하게 걸렸다고 말하니 그대로 진행할지 말지 여부를 물었습니다. 이미 준비가 다 되어 있는 상태에서 포기할 수 없었습니다. 몸 관리도 제대로 못 한 스스로가 미웠지만 어쩔 수 없었습니다. 그렇게 첫 번째 인공수정은 끝이 났습니다.

저는 한 번 시술을 하면 한 달을 쉬어야 한다는 것조차 몰랐습니다. 그저 인공수정만 시작하면 금방 1년 안에 해결될 거라는 마음 편한 생각을 갖고 있었습니다. 인공수정을 하기로 해 놓고 컨디션 관리를 해야 한다는 사실도 간과하고 있었습니다. 그때 한 번의 기회가 소중하다는 것을 알았다면 그날 병원에 가지 않았을 텐데요. 다음번 기회를 남기고 몸을 더 잘 관리해서 시도했으면 어땠을까 하는 후회가 들었습니다.

두 번째 인공수정 때는 쓰는 약도 변경하고 컨디션 조절도 했습니다. 그러나 주사의 부작용인지 아니면 과도한 스트레스 때문인지 배란유도제를 먹고 나서 구토를 하고, 내내 속이 안 좋았습니다. 평소에도 스트레스를 받으면 소화를 못 시키는지라 대수롭지 않게 여기고 시술을 진행했습니다. 처음에는 아파서 못 느꼈던 것들이 하나씩 느껴지기 시작했습니다. 화장실 가기도 불편했고 소화 장애도 있었습니다.

희망은 있었습니다. 시술 후 며칠 동안 매일 태몽을 꾸었습니다.

어떤 방 안에 들어갔는데 온통 꽃으로 가득하고, 창밖에도 예쁜 벚꽃이 흩날리고 있었습니다. 예쁜 정원과 꽃나무 꿈을 꾸고 나니 이번엔 정말 임신이 될 것 같았습니다. 매일 같이 임신 테스트기를 사서 확인했습니다. 하지만 결과는 실패였습니다. 다시 생리가 시작되었습니다. 다시 한 달을 쉬어야 하는데 그 기다림이 너무 길게 느껴졌습니다.

매번 시술할 때마다 임신을 기대했다가 실패를 받아들여야 하는 것이 힘들었습니다. 그사이 주변에서 임신했다는 소식을 전해 들었습니다. 아이 계획이 없던 사람들이 갑작스럽게 소식을 전하기도 했습니다. 하늘이 원망스러웠습니다. 간절하게 원하는 우리 부부에게는 왜 아이가 찾아오지 않는 건지 답답했습니다.

두 번의 시도가 실패하고 나라에서 지원하는 인공수정은 한 번 남았습니다. 실패하다 보니 계속해야 할지, 인공수정보다는 확률이 높은 시험관 시술로 빨리 바꿔야 할지 고민이 되었습니다. 남편에게 묻자 그이는 네가 좋은 대로 하라고 합니다. 혼자서 결정해야 했습니다. 의사는 인공수정을 한 번 더 시도해 보자고 했지만 전 마음이 급했습니다. 2개월 뒤 인공수정이 아닌 시험관 시술을 선택했습니다.

시험관 시술은 큰 비용이 들기도 하고 더 병원을 자주 가야 했습니다. 다니던 직장을 그만두기로 했습니다. 앞으로 또 일을 할 수 있을지, 언제 일을 다시 시작할 수 있을지 두려움이 앞섰지만 지금 제가 가장 원하는 것이 무엇인지 고민하고 또 고민하고, 그것에 집중하기로 했습니다. 물론 일도 하고 아기를 낳고 싶은 마음 둘 다였습니다. 그래도 일단 일보다 아기를 갖는 것이 먼저라는 생각이 들었습니다.

어차피 다니던 회사는 아기를 낳으면 할 수 있는 일이 아니었기에 지금 과감하게 포기하고 아기를 낳고도 할 수 있는 다른 직업을 찾아야겠다고 생각했습니다. 경제적으로도, 심적으로도 지금보다 더 힘들 수도 있지만, 그 시간이 힘들지라도 이 시기를 먼저 넘어야겠다고 결심했습니다.

저는 인공수정과 시험관 시술을 결심하기까지 남들보다 오래 걸린 것 같습니다. 의사의 계속되는 인공수정, 시험관 시술 권유를 오랫동안 듣지 않았습니다. 마음속에 늘 자연 임신에 대한 갈망이 있어서 그랬을 겁니다. 인터넷으로 정보나 사례도 많이 읽었지만 항상 제가 보고 싶은 것만 찾았습니다. 의사의 말도 듣고 싶은 것만 골라 들었습니다. 받아들일 준비가 되어 있지 않다면 누구의 말도 들리지 않았습니다. 저는 이제 마음을 열고 받아들일 준비가 되어 있습니다. 어렵더라도 한 발을 내디딜 수 있는 마음이 생겼습니다.

제게 필요한 건 의사의 진단이 아니라 제 마음의 길을 선택하는 것이었습니다. 내가 마주 봐야 할 것들을 감정적으로 화를 내며 피하기보다는 제대로 받아들이고 내가 갈 길을 선택하는 과정이 가장 중요한 것 같습니다.

그 만 포 기 할 까 ?

　　인공수정과 시험관 시술은 오랫동안 고민하고 어렵게 한 선택이
었습니다. 막상 인공수정을 시작하니 두려워했던 것보다 어렵지는 않
았습니다. 다만 금방 끝이 날 줄 알았던 기대와는 달리 계속된 실패를
받아들여야 했습니다. 처음 인공수정을 시작할 때 시험관 시술까지는
가지 않기를 바랐고, 시험관 시술을 시작하면서 이게 마지막이길 기
도했습니다. 인공수정 1회 만에 성공한 사람들의 성공기가 눈에 들어
왔고 저도 그럴 수 있다고 희망을 품었습니다.

　　시험관 시술을 시작할 때도 마찬가지였습니다. 더 이상 물러설
곳도 없고 제가 할 수 있는 일은 이것밖에는 없다고 생각했습니다. 인
공수정보다는 시험관 시술로 성공한 사람이 많으니 금방 임신이 될
거라 기대했습니다. 그러나 실패 횟수가 늘어나면서 희망이 보이지

85

않았습니다. 인공수정 2회, 시험관 3회의 실패를 경험하자 1년이 훌쩍 지나 버렸습니다. 예상했던 것보다 많은 경제적 지출과 흘러가는 시간에 대한 안타까움에 마음이 크게 흔들렸습니다. 그러던 어느 날 시험관 시술은 횟수가 더해 갈수록 임신 확률이 올라간다는 자료를 보았습니다.

분명히 될 수 있으니 누가 이기나 해 보자고 될 때까지 해야겠다고 다짐했습니다. 그런 다짐도 잠시, 실패를 받아들여야 할 때마다 이 선택이 맞는지 의문이 생겼습니다. 몸은 지쳐 가는데 채취할 수 있는 난자의 수도 정해져 있으니 걱정이 되었습니다. 계속 병원에 방문하며 몸 상태를 확인하고 의사의 말에 따라가는 방법밖에는 없었습니다. 궁금증이 생길 때마다 의사에게 질문하고 유튜브에서 난임에 관련된 콘텐츠를 찾아보기도 했습니다. 용감하게 난임을 고백하는 이들을 보며 용기를 얻었습니다.

시험관 시술은 생리가 시작하면서 병원을 방문하는 것이 첫 번째 단계입니다. 생리가 시작하고 2~3일 안에 병원에 방문하면 난자를 키우는 약을 처방합니다. 먹기도 하고 주사를 맞기도 합니다. 주사를 맞는 경우에는 매일 같은 시간, 오전 또는 오후를 정해서 배에 주사를 놓습니다. 이 과정을 혼자 하기 힘든 사람은 가까운 병원에 가서 의사나 간호사의 도움을 받아야 합니다. 다행스럽게도 저는 혼자 주사를 놓아야 한다는 데 무서움이 없었습니다.

그렇게 주사를 맞고 다시 병원을 찾아 난자가 어느 정도로 자랐는지 확인합니다. 난자의 크기에 따라 채취 시기가 결정됩니다. 채취 날짜가 확정되면 난포를 터트리는 주사를 맞습니다. 그리고 48시간 안에 난자를 채취합니다. 채취 날짜가 확정되면 난포 주사를 정확한 시간에 맞아야 하며 빈 주사기도 병원으로 가져가 약이 잘 주입되었는지 확인합니다.

난자를 채취하는 날에는 전신마취를 합니다. 남편도 함께 병원을 가야 하는 날이기도 합니다. 난자를 채취한 다음 남편의 정자도 채취하여 수정합니다. 난자 채취는 마취 과정이 있기 때문에 채취 전에 여러 가지 검사를 더 진행하게 됩니다. 채취가 끝나면 회복실에서 눈을 뜹니다. 눈을 뜨자마자 잘 되었을지 걱정이 가득하죠. 이후 휴식을 취하다 집에 돌아갑니다. 난자가 많이 채취된 경우 난소가 많이 부어 그 달에 이식하지 못하는 경우도 발생합니다. 이때 많은 환자가 빠른 회복을 위해서 이온 음료를 마십니다. 저도 1.5리터 이온 음료를 하루에 하나씩 비우며 부기가 빠지기를 기다렸습니다.

아직 수정한 배아를 이식하지 않고 채취만 했는데도 많은 에너지를 쓰게 됩니다. 이식보나는 채취 과정끼지가 몸이 가장 힘들 때인 것 같습니다. 생각보다 난자 개수가 적게 나오면 또 좌절하게 됩니다. 어렵게 채취한 난자의 상태가 안 좋거나 쓸 수 없을 경우에도 깊은 절망에 빠집니다. 몸이 지치니 마음과 생각을 끌어올리기도 더 힘이 듭니다.

저는 시험관 시술의 과정이 하나하나 뛰어넘어야 하는 장애물달리기처럼 느껴졌습니다. 어느 한 지점에서 넘어진다면 다시 처음으로 돌아가야 합니다. 이 과정을 겪으면서 난임의 원인을 찾아냅니다. 난자나 정자의 질이 좋지 않다든가, 자연 수정이 잘 안 된다든가, 착상 과정에 문제가 있다든가 등등 원인을 찾아냅니다. 하지만 원인을 잘 찾지 못하는 경우도 많습니다. 저도 그런 경우였습니다. 원인이 있었으면 좋겠다는 생각이 들었습니다. 무엇이 문제인지 안다면 그것을 해결하면 되니 원인이 명확하게 있는 사람이 부러워졌습니다.

그렇게 채취의 순간까지 잘 넘었다면 다음은 이식입니다. 정자와 난자를 자연 수정하거나 미세 수정하여 배아를 만들고 그 배아를 착상시키는 일입니다. 이식하는 날 어떤 상태의 배아를 몇 개 주입할지 결정한 후 이식이 진행됩니다. 나이에 따라 주입할 수 있는 배아의 개수가 정해져 있습니다. 되도록 확률을 높이기 위해 여러 개를 주입하기 때문에 쌍둥이일 확률이 높아집니다. 쌍둥이에 대한 걱정보다는 임신이 되었으면 하는 마음으로 배아가 잘 착상되길 기도할 뿐입니다. 이식 후 일주일이 지나면 병원에 다시 방문하여 피검사를 합니다. 피검사 결과는 전화로 알려 줍니다.

피검사 결과가 나올 때까지는 아이가 잘 착상되었기를 기도하며 모든 행동을 조심하고 또 조심합니다. 1차 피검사에 통과되면 다시 2차 피검사를 기다려야 합니다. 2차 피검사를 통과해도 또 검사들이 남아 있습니다. 그렇게 10개월 동안 아이를 잘 지키면 이 세상에 없던 새

생명을 만나게 되는 것입니다.

시험관 시술을 시도하는 부부들은 1차 시도에서 실패를 겪고 많이 지칩니다. 의욕적으로 시작해도 한 번 겪고 나면 심리적으로도, 신체적으로도 많은 부담이 생깁니다. 이럴 줄 모르고 시작하는 경우도 있고 저처럼 심사숙고하여 내린 결정이라도 실패를 마주하기는 쉽지 않습니다. 이 과정에서 생각보다 몸과 마음이 많이 지쳐서 1차 시도 후에 장기 휴식에 들어가는 경우도 많습니다.

저는 1차 실패 후 하루빨리 2차 시도를 하고 싶었습니다. 시작하기까지 너무 오래 고민한 것이 후회되었습니다. 그 시간을 만회해야 한다는 일념으로 어서 다시 시도해 보고 싶었습니다. 아이를 만나는 일이 경쟁도 아닌데 시험 치듯 그렇게 조급하게 과정을 진행했습니다.

시술을 시작할 때 앞으로 몇 번이나 하게 될지 예상할 수 있는 사람은 없습니다. 적어도 2~3번 안에는 해결될 거라는 마음으로 시작하게 됩니다. 하지만 생각보다 빨리 성공하기가 쉽지 않은 일이라는 것을 깨닫게 됩니다.

저 또한 힘들었습니다. 실패할까 두려웠고 1차 피검사를 넘더라도 다음에는 어떤 과정을 넘어야 하나 걱정이 밀려왔습니다. 차가운 시술대에 누워 겪어야 하는 두려움은 다음 시도의 걸림돌이 되었습니다. 실패를 만날 때마다 왜 되는 일이 없는 건가 자책했습니다. 실패를 경험하는 많은 사람이 다 그렇겠지만 남들은 금방 잘 되는데 나는 안 되는 느낌입니다. 세상에 혼자 남은 기분입니다. 인생은 속절없이 흘러갑니다.

누군가 제게 위로의 말을 건넸습니다. 어렵게 온 아이는 크게 될 아이라고 한답니다. 크게 될 아이라 천천히 오는 것이니 너무 속상해하지 말라고 했습니다. 알고 있습니다. 분명 우리 아이는 많은 사랑을 받고 자라 크게 될 아이일 겁니다. 이렇게 사랑받기 위해 늦게 오는 것일까요?

여러 번의 시도 속에서 고민도 깊어졌습니다. 이 의사는 내 몸 상태를 잘 파악한 것이 맞는지, 왜 할 때마다 잘 되지 않는 건지 의심이 들었습니다. 병원을 바꿔야 하나, 이대로 그냥 해야 하나 상의할 사람도 없었습니다. 오로지 우리가 모든 결정을 내리고 책임져야 했습니다. 병원을 옮기게 되면 다시 검사를 진행해야 하며 그만큼 시간을 소요해야 합니다. 그리고 비용 문제도 만만치 않게 든다는 점도 마음에 걸렸습니다. 그러다 병원의 파업 소식을 들었습니다.

병원을 옮긴다는 환자들이 많았고 병원 분위기가 어수선했습니다. 그래도 영업을 하기에 계속 믿기로 했습니다. 몇 달 뒤 간호사들의 파업 소식이 들려왔고, 제 주치의도 다른 병원에 갈지 모른다는 소문을 듣게 되었습니다. 불안한 마음에 병원에 전화해서 문의했더니 시험관 시술 과정 중 신선 과정은 진행하지 않고 동결 보존한 배아의 이식만 진행한다고 했습니다.

더 이상 이 병원에서의 진료가 힘들겠다는 생각이 들었습니다. 냉동 배아를 전달받아 병원을 바꾸기로 마음먹었습니다. 다른 병원을 알아보고 상담을 받았습니다. 그런데 냉동 배아를 옮기는 일이 쉽지 않았습니다. 옮긴다 해도 배아를 녹이는 과정도 걱정됐습니다. 여러 곳을 다니는 동안 병원은 안정을 찾아갔습니다. 마지막으로 주치의를 믿고 냉동 배아 이식을 진행하기로 했습니다.

어느 하나 쉽게 진행되는 일이 없었습니다. 이 고비를 넘어간 것 같으면 저 고비가 나타나고, 이 상황과 저 상황이 겹쳐졌습니다. 선택은 오로지 저의 몫이어야 했습니다. 누군가는 이야기합니다. 시험관 시술에 지쳐 다 포기하고 쉬었더니 임신이 되었다고요.

아직도 이 말을 들으면 귀가 솔깃하고 가슴이 두근거립니다. 제게도 가능한 이야기가 아닐까 기대하곤 합니다.

시험관 시술을 10번 진행하면 포기하게 될까요? 언제까지 시험관 시술을 해야 할까요? 누군가는 10번 넘게 시도했을 테고 누군가는 한 번에 바로 임신했을지도 모르겠습니다. 저는 될 때까지 한다는 마음으로 시작했습니다. 그러나 이제 2번 지났을 뿐인데도 어렵고 두렵습니다. 어느 길로 가야 할지 모르겠습니다. 눈앞에 보이는 도착지가 손을 뻗어도 닿지 않는 느낌입니다. 얼마를 더 걷다 보면 만날 수 있을지, 그 가는 길 동안 주저앉지 않고 잘 갈 수 있을지 막막합니다.

이런 현실에 힘들어질 때 저는 저처럼 헤매고 있을 다른 난임 부부들을 떠올립니다. 분명한 건 혼자가 아니라는 사실입니다. 많은 사람이 이 어두운 터널이 끝나길 기도하고 있습니다. 힘들면 앉아서 쉬었다 가면 되고 아프면 치료하고 다시 출발하면 됩니다. 아기는 엄마의 몸이 임신하기 가장 좋을 때 찾아온다고 합니다. 엄마에게도, 아이에게도 가장 좋을 때, 가장 안정적일 때 찾아오는 겁니다.

저는 아직 1차 피검사를 통과해 본 적이 없습니다. 이 과정을 통해 아기를 만나는 것이 맞는지 자신과의 싸움 또한 계속하고 있습니다. 포기하고 싶었습니다. 그냥 잊고 살고 싶었습니다. 그러다 보면 언젠가 생길 거라는 마음도 있었습니다. 그러다 또다시 노력이라도 해보자는 마음이 생겼습니다. 이대로 고민만 하다 시간을 보내는 것이 아깝다는 생각이 들었습니다. 포기할 거라면 최선을 다하고 깨끗하게 포기해야 했습니다. 포기할까 생각하는 순간 다시 잡게 되고, 다시 잡는 순간 포기를 생각했습니다. 그래도 힘들수록 마음속 깊은 곳에서 엄마가 되기 위해서 이런 일쯤은 아무것도 아니라고 되새깁니다.

오늘도 다시 세 번째 시술을 앞두고 배에 주사를 놓습니다. '이번에는 예쁘게 잘 자라다오. 그리고 잘 착상해서 예쁜 아기로 만나자.' 수없이 말합니다. 도전이 몇 번인지는 중요하지 않습니다. 제가 하는 이 과정에 최선을 다하고, 아이를 꼭 만날 거라는 상상을 하고, 긍정의 에너지를 끌어당겨 봅니다.

받아들임

병원을 옮기기 위해 그동안의 병원 기록을 달라고 요청을 하니 서류가 많아 시간이 오래 걸렸습니다. 한참을 기다려 두께가 두툼한 서류 뭉치를 받았습니다. 지난 6년의 기록이었습니다. 한 손에 들기도 어려운 서류 뭉치를 보며 만감이 교차했습니다.

일반적으로 결혼 7년 차 부부일 때 아이가 두 명 정도 있다고 볼 수 있습니다. 물론 우리도 그렇게 될 거라고 생각하고 있었습니다. 결혼 후 많은 시간을 아기를 갖기 위해 노력하며 보냈습니다. 병원에서 받아 온 서류들은 그 길고 긴 시간의 증거입니다. 지난 시간이 행복했는지 스스로에게 물었습니다. 행복했던 순간보다 괴로웠던 순간이 더 많았던 것 같았습니다. 남편과 서로를 위하고 아끼던 시간보다 서로에 지치고 힘들었던 시간이 더 길었습니다. 처음 남편과 만나 데이트하고 결혼에 이르기까지 서로에게 바라는 점은 없었습니다. 그저 함께해서 좋았고 서로의 존재만으로도 감사했습니다. 그러나 어느 순간 아이를 갖는 일이 숙제처럼 느껴졌고 서로 지쳐 갔습니다. 시간이 가면서 서로에게 서운한 감정을 여과 없이 드러내고 내가 아닌 네가 변했다고 탓했습니다.

●

변화가 필요했습니다.
앞으로 함께해야 할 날이 훨씬 더 많으니까요.

서로에게 상처 주지 않고
건강하게 살아가는 방법을 찾아야 했습니다.
우리에게 언제 아이가 올지 알 수 없지만

그때뿐만이 아니라

죽기 전까지 변함없이 우리는 함께해야 합니다.

결혼한 그날부터,
아니 그보다 훨씬 오래전부터 그러기로 약속했으니까요.

더 이상 아이를 기다리는 일이

우리의 전부가 되어선 안 되겠다고 생각했습니다.

평소에 남편을 어떻게 대하고 있는지 되돌아보았습니다. 분명 같은 부분에서 스트레스를 받고 있어도 여자라는 이유로 더 많은 부분을 희생하는 것 같아 병원을 다녀올 때마다 남편에게 짜증을 부렸습니다. 기분이 안 좋을 때마다 시비를 걸었습니다. 서로에게 상처를 주고 탓하기 바빴습니다. 남편과 긴 대화 끝에 서로의 마음이 같다는 걸 깨달았고 변하기로 마음먹었습니다. 그리고 그동안 미루고 미뤄왔던 현실을 받아들이기로 했습니다.

흘려보낸 과거처럼 아무런 행동도 하지 않고 불안에 떠는 일은 그만두기로 했습니다. 할 수 있는 최선을 다하기로 마음먹었습니다. 우리의 건강과 마음을 챙기면서 할 수 있는 걸 해 보자고 다짐했습니다. 처음부터 이런 확신을 갖고 시간을 보냈다면 얼마나 좋았을까요? 5년을 보내고 나니 비로소 지나온 기다림의 시간이 얼마나 중요했는지 알게 되었습니다.

사실 난임에서 나이는 중요한 요인 중의 하나입니다. 하지만 전부는 아닙니다. 분명 나이가 어려도 아이가 생기지 않는 부부도 있고 나이가 있어도 임신이 잘 되는 경우도 많습니다. 저처럼 난임의 원인을 알 수 없는 경우도 많습니다. 나이가 어리니까 그래서 오랫동안 자연 임신이 될 거라는 믿음으로 현실을 받아들이지 못했습니다. '시간이 지나가면 해결되겠지. 자연스러운 게 좋아.' 머릿속에서 인공수정이나 시험관 시술로 아이를 낳는 것은 최악의 경우라고 단정하고 있었습니다. 그런 편견이 저를 더 움츠러들게 만들었습니다.

더 이상 물러설 곳이 없다는 생각이 들었을 때 인공수정과 시험관 시술을 하기로 결정했습니다. 그 결정을 내림으로써 마음을 정리하고 현실을 받아들였다고 여겼습니다. 실패해도 끝까지 하겠다는 결심으로 시작했습니다. 그러나 실패를 만날 때마다 흔들렸습니다. 마음가짐과 달리 막상 실패를 맞닥뜨리면 아무것도 들리지 않고 보이지 않았습니다.

이야기할 곳도 없이 끙끙 앓으며 이 스트레스를 어떻게 풀어야 할지 알 길이 없었습니다. 궁여지책으로 답답할 때마다 생각이나 느낌을 글로 쓰기 시작했습니다. 비밀 일기였습니다. 내가 겪은 일들과 함께 왜, 무엇 때문에 그런 감정을 느꼈는지 적었습니다. 누가 내 감정을 나쁘게 만들었는지, 서운한 것은 무엇인지, 두려운 것은 무엇인지 상세하게 썼습니다. 쓰기 전에는 엄청 억울하고 거대했는데 막상 적어 놓고 보면 별거 아닌 것처럼 느껴졌습니다. 형체를 알 수 없는 감정들이 저를 우울하게 만들고 짓누르고 있었다는 것을 깨달았습니다. 그렇게 나쁜 감정과 두려움을 이전보다 빨리 털어 낼 수 있었습니다. 그저 글로 쓰고 천천히 읽어 봤을 뿐인데도 대나무 숲에 대고 소리친 것처럼 속이 시원했습니다.

많은 부부가 결혼을 하고 아이가 생기지 않을 때 걱정을 합니다. 그러나 걱정만큼이나 빠른 판단을 하지는 않죠. 시술과 같은 과정을 거치지 않아도 아기가 생길 거라는 믿음이 있습니다. 저 또한 그랬기에 그 마음을 잘 압니다. 우선 건강검진을 한다고 생각하고 부부 검진을 할 수 있는 병원에 먼저 가 보길 진심으로 추천합니다. 병원까지 가는 것도 용기가 필요한 일이지만요. 검진을 통해 난임의 원인을 알아낸다면 치료할 수 있는 것이니 다행입니다. 그런데 원인이 나오지 않으면 치료 시간보다 더 오래 그리고 막연히 자연 임신이 되길 기다리기도 합니다. 저처럼요. 어려운 일이지만 현실을 마주하고 부부끼리 생각하는 기간을 정하고 그 기간 동안 자연 임신이 되지 않았다면 인공수정이나 시험관 시술을 해 보길 추천합니다.

저는 하염없이 기다렸던 시간 동안 마음과 몸이 많이 지쳤음을 느꼈습니다. 나이가 어리든 어리지 않든 가장 중요한 것은 난소와 정자의 상태, 즉 부부의 몸 건강이었습니다. 나이에서 좌절감을 느낄 필요가 없습니다. 각자의 몸 상태에 따라 20대 초반에 40대의 난소 환경을 가진 사람도 있고, 40대의 나이에도 20대의 상태를 유지하는 사람도 있습니다. 1퍼센트의 가능성이 있다면 도전해 볼 만한 가치가 있습니다. 어떤 상황에서도 좌절하지 않고 마음을 단단히 먹고 하나씩 해결해 나간다면 언젠가 아이를 만날 수 있을 겁니다. 아이를 만나고 나면 과거에 임신할 수 있었던 확률이 몇이었는지는 하나도 중요하지 않습니다. 그저 지금 내 곁에 아이가 있을 뿐입니다.

아이를 낳을 수 없다고 진단받은 지인이 있었습니다. 결혼한 지 1년이 되지 않아 임신을 했습니다. 분명 아이를 낳을 수 없다는 진단이 있었음에도 예쁜 아이를 만났습니다. 기적이라 생각지 않습니다.

그저 와야 할 아이는 반드시 오는 것입니다. 다만 아이를 만나는 과정이 남들과 조금 다를 수 있습니다. 시간이 좀 걸릴 수 있습니다.

　　내가 난임이라는 사실이 엄청난 열등감으로 작용할 때가 있었습니다. 가슴 한가운데가 뚫린 것처럼 무엇으로도 채워지지 않는 공허함이 자리 잡고 있었습니다. 끝나지 않는 어둠 속에 있는 것 같았습니다. 그런 두려움이 어떤 감정인지 잘 알고 있습니다. 돌아보면 임신도, 그 무엇도 이루지 못하고 보내 버린 시간들이 사무치게 속상하고 그동안 살아온 날들이 허무해집니다. 만약 이런 감정을 느끼고 계신다면 제가 했던 것처럼 감정의 근원을 찾아 적어 보길 추천합니다. 저는 이를 통해 상처를 치유하는 방법을 알았습니다. 나를 어떻게 보호해야 하는지 알았습니다. 더 이상 피하거나 회피하지 않습니다. 처음엔 그저 내가 솔직하게 적은 글을 묵묵히 읽어 보는 것만으로도 위로가 되었습니다. 그렇게 내 아픔을 보듬고 나니 다른 이에게도 말할 수 있었습니다. 우리가 겪고 있는 이 시기는 더 이상 우리만의 문제가 아닙니다. 온 가족이 서로 돕고 함께 해결해야 하는 문제입니다.
　　세상에는 아기를 기다리는 엄마들이 참 많습니다. 내 주변에는 나 혼자인 것 같지만 자세히 들여다보면 혼자가 아닙니다. 지난 시간을 통해 혼자 생각하고 판단했던 것들이 저를 더 힘들게 만들고 있다는 걸 깨달았습니다. 혹시 스스로를 자신이 만든 감옥에 가두고 있지는 않은지 생각해 봐야 합니다. 자신의 감정을 잘 들여다보고 상처가 있다면 치유해야 합니다. 그 누구도 아닌 내가 나를 위하고 아껴야 합니다. 자신을 아끼고 사랑하세요.

글쓰기가 통하지 않는다고 해도 걱정하지 말고 차근차근 자신만의 방법을 찾으시길 바랍니다. 스트레스와 두려움은 마주할수록 작아지는 존재입니다. 두려워하지 마세요. 꼭 나만의 방법을 찾을 수 있습니다.

PART 3

선택하고
책임지는 마음

올 바 른 선 택 일 까 ?

저는 시술을 결정하기까지 6년이라는 시간을 보냈습니다. 이 6 년이라는 시간 동안 아이가 없을 거라 생각해 본 적이 없었습니다. 10년 동안 아이가 없었다가 생겼다는 사례를 들으면 난 그 정도까지 는 아닐 거라고 막연히 생각하고 있었습니다. 어느덧 난임으로 보낸 시간이 5년이 되니 이제는 제 이야기가 누군가에게 그런 사례가 될 수 있겠다는 생각이 들었습니다. 모두 제게 마음을 편히 먹으라고 합 니다. 그런데 가끔은 그게 더 어려운 게 아닌지 저 자신에게 되묻습 니다.

어렵게 시험관 시술을 결정하고 힘들었던 부분은 엄마와 시어머 니의 반대였습니다. 두 분 역시 이전에 제가 그랬던 것처럼 인위적인 이 시술에 대해서 부정적인 생각을 갖고 있었습니다. 제가 여태껏 먹

103

어 온 한약만 한 트럭은 되는데도 당신들께서 지어 주는 약을 먹어 봤으면 하셨습니다.

우리가 찾아다녔던 곳보다는 지인이 추천한 그 한의원 약을 먹어 봤으면 하셨습니다. 그렇게 두 분이 지어 주는 약을 모두 먹으면서 거기에 우리가 기존에 먹던 한약까지 끊임없이 먹었습니다. 약을 먹으며 식사 조절도 하니 몸은 확실히 좋아졌습니다. 그러나 우리가 원하는 아이가 생기진 않았습니다. 한약을 먹은 후에 아이가 생긴 사람도 있다는 말을 들으며 우리도 그러길 간절히 바랄 뿐이었습니다. 결과가 없자 결국 시어머님은 병원에 가 보길 원했습니다. 주변에 시험관 시술 두 번째에 아기를 가진 사람이 있다는 이야기를 듣고 우리 부부가 빨리 병원에 다니면 좋겠다고 말씀하셨습니다. 저도 시간이 더 흘러가는 것이 무서워 그렇게 해야겠다고 마음을 바꿨습니다. 다만 우리 부부의 문제를 양가 가족이 나서서 이렇게 해야 한다, 저렇게 해야 한다 강요하는 분위기라 받아들이기 쉽지 않았습니다.

가장 힘들고 지친 건 우리 부부였습니다. 병원에 갈지, 좀 더 기다릴지의 결정은 우리 몫이었습니다. 우리가 결정하면 되는 문제인데 재촉받는 상황이 불편하고, 자존심이 상했으며, 갈등으로 이어졌습니다. 어찌어찌 시험관 시술을 결정하고 나서도 이것이 과연 올바른 선택인지 확신이 들지 않았습니다. 물론 아무런 조치 없이 기다리는 것이 안타까워서 무엇이라도 해야겠다는 생각은 했습니다. 긴 시간을 거쳐 자연 임신은 어렵다는 걸 인정했습니다. 더 이상 시술에 대한 거부감은 중요치 않았습니다. 그냥 이 방법밖에는 안 남았다고 결론 내렸습니다.

그러나 시험관 시술을 결정하고 집으로 돌아오니 마음이 생각처럼 편안하지는 않았습니다. 이 결정이 또 저를 힘들게 하는 건 아닌지 걱정이 되었습니다.

막상 어렵게 내린 결정에 비해 시험관 시술과정은 까다롭지 않았습니다. 이렇게 간단한 것들을 왜 그동안 고민하고 걱정했는지 스스로가 바보 같았습니다. 주변에 시험관 시술을 시도하고 있는 많은 난임 부부가 눈에 들어왔습니다. 나만 혼자 힘들다고 아무런 시도도 하지 않으면서 시간을 보낸 것 같았습니다. 사실 시험관 시술을 결정하기 직전까지도 인터넷을 뒤지며 자연 임신에 성공한 사례들을 찾아보고, 좋다는 식이요법부터 찜질팩과 팬티까지 사기 바빴습니다. 그것이 방법이라 생각했습니다. 그런 시간을 겪었기에 시험관 시술을 결정할 수 있었지만 지나고 보니 왜 진작 결정을 내리지 않았는지 답답한 마음이 들었습니다. 시험관 시술과 병행할 수 있었던 행동들이기에 이쉬움이 남습니다.

시험관 시술 전에 힘들다는 이야기를 많이 듣고 마음을 단단히 먹어서인지 인공수정과 크게 다르지 않다는 생각이 들었습니다. 병원에 자주 들러야 하는 것도 비슷했습니다. 다만 전신마취를 하고 난자를 채취하는 과정이 인공수정과 달랐습니다. 인공수정에는 없는 과정이어서 무서웠습니다. 그래도 임신 확률이 높아진다면 그 정도쯤은 참을 수 있었습니다. 그동안 아무것도 하지 않고 마음만 졸이던 때에 비하면 무언가에 의지할 수 있고 기대를 할 수 있어서 더 좋았습니다.

호르몬 주사와 여러 약으로 인한 몸의 변화를 느끼며 혹시 임신이 된 것은 아닐까 지레 기대했습니다. 임신이 되어 아이가 태어난다면 어떻게 살아가야 할지 미래를 꿈꾸었습니다. 그렇게 좋은 생각을 해야 정말 임신이 될 것 같아 실패라는 단어는 생각조차 하기 싫었습니다. 하지만 기대와 달리 실패했습니다. 다시 처음으로 돌아가야 한다는 생각이 들자 지금까지 있던 희망들이 모두 날아가고 다시 절망이 찾아왔습니다.

그리고 다시 한번 생각하게 되었습니다. 이 선택이 올바른 선택이었을까? 그러나 다시 생각해도 할 수 있는 일은 이제 이것밖에 남지 않았습니다. 수치가 0이라는 소식을 들은 날에는 잠도 오지 않아 뜬 눈으로 밤을 지새웠습니다. 집의 적막함이 무서웠고 누군가와 계속 이야기하고 싶었습니다. 평소에는 잘 보지 않는 TV를 온종일 틀어 놓고 재미있다는 예능은 다 찾아보며 웃고 울었습니다. 그러나 마음의 적막함은 사라지지 않았습니다.

남편조차 제가 얼마나 고민하고 마음속으로 싸우고 있는지 알지 못한다고 느꼈습니다. 그렇게 며칠을 지내고 나니 이러고 있을 때가 아니라는 생각이 들었습니다. 다음 달을 위해서 이번 달은 신나게 놀며 하고 싶은 것도 하고 건강도 챙기면서 보내기로 했습니다. 다시 힘을 냈습니다. 여태껏 기다려온 시간이 있는데 그것만큼도 안 해 보고 여기서 무너지는 건 나다운 행동이 아니었습니다.

이 모든 것은 우리가 마음먹기 나름이었습니다. 다시 시작한다 생각하니 나아갈 힘이 생겼고, 더 이상은 무리라는 생각이 드는 순간에는 잠시 쉬기로 했습니다. 스케줄을 바쁘게 따라가면서도 내 페이스를 유지하려고 노력했습니다.

주변에 오랫동안 난임을 겪고 여러 병원에 다니다가 아이를 가진 부부가 있습니다. 우리가 다니는 병원 말고 자기들이 성공한 병원에서 검사를 해 보라고 추천했습니다. 사실 어떤 병원이든 마음먹기 나름입니다. 계속 옮기면서 시술을 하다 보면 당연히 성공률이 높아지니 마지막 병원에서 임신하게 되는 거라고 생각했습니다. 그러나 주변에서 여러 사례를 보고 들었더니 마음이 크게 흔들렸습니다. 실패할 때마다 병원을 바꾸는 것이 맞는 건지, 그때 그 부부가 말했던 병원에서 검사를 해 봐야 하는 건 아닌지 걱정되었습니다.

아마 앞으로도 이렇게 실패하고 마음 졸이며, 제 선택이 과연 올바른 방향인지 끊임없이 고민하게 되겠지요. 시험관 시술을 통해 아이를 낳으면 역시 시험관 시술이 올바른 선택이었다고 생각할 것입니다. 우리는 수만 가지의 선택의 기로에 놓여 있습니다. 아마 아기를 만날 때까지 계속 고민할 것 같습니다.

누구에게나 시기가 있습니다. 시험관 시술은 힘드니 여러 가지 자연적인 방식으로 해 보기로 선택하고 그런 방식을 통해 아이가 생겼다면 그 방법이 최고가 될 것입니다. 만약 자연 임신을 위해 할 수 있는 일은 다 했는데도 잘 되지 않았다면 그때가 선택의 순간입니다. 시술은 옳다, 아니다를 판단할 수 없는 문제라고 생각합니다. 누군가에게는 최선의 방법이고, 누군가에게는 최악의 방법이 될 수 있을 테니까요. 가장 중요한 것은 선택하는 이의 마음가짐입니다.

저는 빨리 선택했더라면 좋았을 거라고 아쉬워했지만 사실 제게 필요한 시간이기도 했습니다. 쫓기듯 말고 오롯이 내 선택을 할 수 있었으니까요. 선택을 앞두고 고민하고 있다면 천천히 자신을 돌아보세요. 마음이 하는 말에 귀 기울이세요. 그리고 선택하면 됩니다.

어떤 사람들은 경제적인 이유로 비혼이나 딩크족을 선택하기도 합니다. 결혼 후 맞벌이를 하다 보면 당연히 아이를 낳아서 기르는 것이 큰 부담으로 다가올 수 있습니다. 임신과 출산에 따른 어쩔 수 없는 지출과 더불어 일을 하지 못하는 공백이 생기면서 부담이 더해 갈 수밖에 없습니다. 누군가를 책임진다는 것 자체가 쉬운 선택은 아닙니다.

사실 저는 그런 고민을 하지 않았습니다. 생기면 생기는 대로, 부족하면 부족한 대로 아이와 함께하고 싶었습니다. 우리 환경에 맞춰 아이를 기르자고 남편과 이야기했습니다. 그러나 현실에서 돈은 아이를 갖는 과정에서부터 큰 걸림돌이 되었습니다. 난임 치료를 하는 동안 들어간 병원비는 어마어마했습니다. 정부에서 많은 혜택을 준다고 하지만 막상 병원에 다니다 보면 진료비에 많은 금액이 들어가는 것은 어쩔 수 없었습니다.

인공수정은 총 3번의 정부 지원이 있습니다. 보험을 빼고 사비로 지출하는 금액이 1회당 50만 원 안팎으로 들었습니다. 몸 상태와 병원 진료비에 따라 다를 수 있겠지만 비교적 부담이 덜하다는 인공수정도 1회 시술 비용이 절대 적지 않았습니다. 시험관 시술 한 번에 드는 평균 비용은 150만 원 정도입니다. 몇 차례 하다 보면 의료보험 횟수가 금방 지나갑니다. 병원도 자주 가야 하고 주사와 약값은 물론 초음파 비용도 적지 않았습니다. 시술을 하면 미세 수정 비용과 약품 처리 그리고 냉동 보관비 등 시술 비용을 제외하고도 수십만 원이 추가로 더해지니 중형차 한 대 값이 그냥 날아간다는 말을 실감했습니다.

병원마다 비용도 천차만별이라 더 많이 드는 곳도, 더 적게 드는 곳도 있다고 합니다. 시술 비용 이외에도 각종 검사비와 교통비를 더하면 생각보다 큰 금액이 나갑니다. 경제적 여유가 없으면 시도조차 하지 못하겠다는 생각이 들었습니다. 그만큼 심신이 지쳐 갑니다. 비용이 넉넉하다면 걱정하지 않고 시험관 시술과 인공수정을 진행할 수 있겠지만 횟수를 더해 갈수록 비싸지는 비용 때문에 중단하는 경우도 많이 있습니다.

여러 번 시도 끝에 시술이 성공하지 못하면 병원을 옮기는 경우도 종종 있습니다. 그럴 경우 각종 검사를 새로운 병원에서 다시 진행하기 때문에 반복적인 비용이 발생하게 됩니다. 또 난임 치료는 심리적인 영향을 많이 받습니다. 따라서 나와 잘 맞는 의사를 만나는 것이 중요합니다. 같은 치료와 시술을 받았을 때도 환자가 느끼는 감정은 의사마다 천차만별이니 맞는 의사를 찾으러 다니다 보면 또 시간과 비용이 발생합니다. 하지만 의사와의 궁합은 아주 중요합니다.

어떤 의사에게서는 정서적인 안정을 얻지 못하고 사무적인 분위기 속에서 시술을 받습니다. 어떤 의사에게서는 공감과 위로를 받는 다정한 분위기 속에서 시술을 받을 때도 있었습니다. 시술과 진료에 적은 비용이 들어가는 것도 아니고 환자가 알고 있는 정보의 양과 질도 의사와는 차이는 큽니다. 환자는 그저 몸에 일어나는 변화 정도를 감지할 뿐이라 구체적으로 자신의 몸이 어떤 상태인지 몰라 답답함이 큽니다. 그런 상태에서 긴 대기 시간 끝에 의사를 만나게 되는데 충분히 케어받지 못했다는 생각이 드는 순간에는 감정이 폭발하기도 합니다.

궁금한 점이 있다면 미리 자세하게 물어보는 것도 좋은 방법입니다. 의사 입장에서는 같은 일을 계속하다 보니 당연히 설명했다고 생각하는 부분이 생길 수도 있고 자신이 아는 것을 당연히 환자도 안다고 여기는 경우도 많습니다. 그러니 세세하게 질문하다 보면 조금 답답한 부분이 풀리기도 할 것입니다.

저 또한 한동안 의사가 말하면 그저 듣기만하고 어떤 질문도 하지 않았습니다. 어련히 잘해 줄까 싶었지만 시간이 지날수록 무엇이든 일단 묻는 방법밖에는 없다는 생각이 들었습니다. 그러면서 의사가 저와 맞는지 고민한 적이 많았습니다. 어떤 의사를 만나고 나면 마음이 편안해졌습니다. 믿고 따라갈 수 있는 의사라는 생각이 들면 그것만으로도 마음이 편안했습니다. 이런 부분이 현실적인 비용만큼이나 중요합니다. 만약 주치의와 잘 맞지 않는다는 생각이 들어 다른 병원을 찾고자 한다면 병원을 바꾸기 전에 상담을 통해 의사를 많이 만나 보고 결정하면 좋을 것 같습니다. 잘 안 맞는 의사를 억지로 참기보다는 빨리 나와 맞는 의사와 병원을 만나고, 그렇게 결정한 의사를 믿고 의지하며, 함께 아기를 만나기 위해 노력하는 것이 앞으로의 날들을 위해 좋지 않을까요?

유전자를 남기고 싶은 것은 본능이라고 이야기합니다. 그러나 난임 기간이 길어지면서 어느 순간부터 본능보다는 집착에 가까워지고 있는 제 모습을 발견하곤 합니다. 그러면서도 우리가 아이를 기다리고 있다는 말은 하기 싫었습니다. 건강하고 젊은 부부니 아이는 우리가 선택할 수 있는 문제라고 말하고 싶었습니다.

현실이 그렇지 못하니 아이를 갖지 않는 각종 핑계를 만들어 냈습니다. '집을 사기 위해 돈을 모으는 중이다, 쉬면서 아이를 키울 형편은 안 된다.' 틀린 말은 아니었지만 아이가 생기지 않아 만든 핑계 아닌 핑계였습니다. 회의감이 찾아오기도 했습니다. 사람들에게 난임이라고 말도 못 하고 핑계만 늘어놓는 자신이 답답했습니다. 마음 깊은 곳에서는 분명 아이를 간절히 원하고 있었습니다. 그런데 '왜'인지는 저도 설명할 수 없었습니다. 이런저런 핑계에 저까지 속지 않도록 제가 왜 아이를 가지려는지 정의가 필요했습니다.

남들은 다 학교에 가는데 나만 학교에 안 가는 그런 불안감일까요? 결혼하면 아이를 낳고 기르는 과정이 당연한 수순처럼 여겨져서 그런 것인지, 안 생기니 더 갖고 싶어 하는 것인지, 어떤 이유에서 아이를 원하는지 정확한 제 마음을 몰랐습니다. 단 한 가지 분명한 이유를 꼽을 수는 없었습니다. 우리는 자연스럽게 아이를 원했습니다. 남편과 살면서 아이가 없는 삶을 생각해 본 적은 없었습니다. 신혼이 지나면 당연히 아이를 가질 계획이었습니다. 우리 사이에 아이가 있었으면 했습니다.

한때 세상에 아이를 태어나게 하는 것이 우리 부부의 욕심이 아닐까 고민했습니다. 우리의 이기심으로 아이를 만나려고 하는 건 아닐까 싶었습니다. 세상에 태어나면 태어났다는 이유만으로 살려고 애를 써야 합니다. 비록 원해서 태어나지 않았어도 일단 그냥 살아야 합니다. 그렇다면 이 아이는 그저 우리 욕심에 의해서 태어나고 살아야 하는 존재인 것인지 고민하게 되었습니다. 아이가 태어나면 분명히 우리는 행복하겠지요. 그 아이가 성장하는 것을 보며 함께 또 열심히 살아가겠지만, 아이 입장에서 삶을 선택할 수 없었으니 왜 나를 태어나게 해서 이런 삶을 살아야 하는지 힘들어 할지도 모르겠습니다. 엄마로서 이런 질문을 받는다면 무어라 대답하면 좋을까요?

아이가 오지 않는 기간 동안 저는 이렇게 깊은 생각 끝에 나온 물음에 답해 보기도 하며 아이에 대해 고민했습니다. 만약 우리가 결혼하고 아이가 바로 생겼다면 이런 고민을 했을까요? 아이를 키우고 아이와 씨름하느라 정신없이 보냈을 겁니다. 만약 일부러 이런 시간을 주신 거라면 분명 우리가 세상을 다르게 볼 수 있는 시각을 하나 더 얻게 하려는 뜻일지도 모르겠습니다. 깊은 마음으로 아이를 기다리는 힘을 기르고, 나중에는 아이가 힘들게 할 때마다 그보다 더한 시간을 겪었다며 이겨 낼 수 있는 힘을 기르기 위한 것일지도 모릅니다. 지금 난임을 겪고 있다면 내 마음에 대고 질문해 보세요. 왜 아이를 가지려 하는지, 이 기다림의 시간을 어떻게 보낼 것인지 곰곰이 고민해 봐야 합니다.

사실 저는 아직도 왜 아이를 낳고 싶은 건지 완벽한 정의를 내리지 못했습니다. 정의를 내리기 위해 오늘도 제 감정을 들여다보고 객관화해 보고 있습니다. 그렇지만 이것 하나는 말할 수 있습니다. 우리가 아이를 간절히 원하고 있다는 것 그리고 우리가 어떤 가정을 이룰지에 대한 계획을 매일매일 그리고 있다는 것입니다. 비록 기다리는 동안 아픔과 좌절을 많이 겪었지만 기다림이 헛되지 않기를 간절히 바라고 있습니다.

우리 부부에게 아기는 존재 그 자체로 축복입니다. 아이가 커서 우리 부부가 아이를 만나기 위해서 얼마나 노력했는지 알아 준다면 행복할 것 같습니다.

인공수정과 시험관 시술을 거치면서 사용하는 약이 계속해서 바뀌었습니다. 어떤 약이 몸에 맞는지를 알려면 약을 쓰고 반응을 관찰하는 수밖에 없었습니다. 시험관 시술 두 번째에는 사용했던 약을 바꾸고 장기 요법을 시도했습니다. 조기배란억제 주사를 맞다 보면 하루에 하나씩 여드름이 올라오기 시작했습니다. 호르몬의 변화 때문에 그럴 수 있다고 합니다.

오랜만에 생기는 여드름이 여간 불편한 게 아니었습니다. 건드릴 수 없이 아픈 것도 있었고 몸에까지 번지기도 했습니다. 여기에 몸무게도 계속 불어나서 스스로가 더 못나 보였습니다. 임신하기 위해서는 어느 정도의 살집이 필요하다기에 다이어트는 하지 않겠다고 다짐했었지만 하루가 다르게 살이 찌는 모습을 보니 속상했습니다.

그러던 중 기존 주사에 과배란유도 주사를 추가하게 되었습니다. 이번에는 속이 메슥거리고 두통이 찾아오기 시작했습니다. 매일 소화가 되지 않아 식사도 제대로 하기 힘들었습니다. 증상이 지속되면서 역류성 식도염 증상과 같은 아픔이 계속되었습니다. 병원에 물으니 그 주사를 맞는 사람들이 겪는 일반적인 증상이라고 했습니다.

'죽을 만큼 힘들진 않잖아'라고 되뇌며 참아 보기로 했습니다. 난자 채취 직전까지 왔는데 이제 와서 약을 바꾸면 또 몸에 변화가 올까 두려웠기 때문입니다. 하지만 식사할 때가 되면 속이 부담스러운 것을 피할 길이 없었습니다. 계속 몸이 나른하고 힘이 없었습니다. 온종일 힘없이 보내는 자신이 너무 안타까웠습니다. 힘을 내보려 노력했지만 정신까지 나약해진 상태였습니다.

작은 부작용에도 이렇게 힘들고 지치는데 더 큰 부작용이 오는 사람들은 얼마나 힘들지 상상이 되지 않았습니다. 그나마 참을 수 있는 정도의 부작용이 온 것에 감사하자고 생각했습니다. 마음속에 건강한 기운이 가득 차야 시험관 시술에도 좋은 영향을 줄 수 있다는 말에 긍정적인 마인드를 가지려고 노력했지만 잘 되지 않았습니다. 몸이 지치니 두려움이 생겼습니다. 좋아하는 책 읽기도 재미없었습니다.

장기 요법을 시작하면서 병원에 가는 횟수가 엄청나게 늘어났습니다. 일주일에 한 번이나 두 번까지도 참을 만했었는데 병원에 가지 않고는 참을 수 없는 날들이 이어졌습니다. 그마저도 대기 시간이 길

117

어지면 하루가 다 지나가 버렸습니다. 집에 돌아오면 한 것도 없이 지쳐서 다른 일은 엄두도 낼 수 없었습니다. 눈을 뜨면 밤이 되어 있었습니다. 허무했습니다. 지금 제게 가장 중요한 일은 아기를 갖는 것이라고 마음먹고 시작했는데 의사를 10분 정도 만나기 위해 하루를 몽땅 허비하고 있는 모습이 씁쓸하게 느껴졌습니다. 두 시간 거리도 이렇게 지치는데 지방에서 다니는 사람들은 얼마나 힘들지 정말 존경스럽게 느껴졌습니다.

'내가 무엇을 하고 있는 걸까. 언제 끝이 날까.'

답도 없는 질문을 스스로에게 던지는 시간이 많아졌습니다. 끝도 없는 우울 속에 빠져들기 전에 얼른 기분 전환을 시도했습니다. 반신욕도 하고 맛있는 것도 먹으며 쉬었습니다. 쉽게 풀리진 않았지만 얼마 남지 않은 채취와 이식을 위해 노력하자고 생각을 바로잡았습니다.

장기 요법으로 한 달 가까이 주사를 맞고 드디어 난자 채취를 앞둔 하루 전날, 항생제를 먹자 온종일 토하고 속이 메슥거렸습니다. 과배란 중에 약까지 독하니 몸에서 거부반응이 일어난 것 같았습니다. 난자 채취 후에도 계속 먹어야 되는 약이라 걱정이 많았습니다.

아침 일찍 일어나 병원에 갔습니다. 처음보다 조금 더 떨렸습니다. 두 번째 시술이라 괜찮을 줄 알았는데 이런저런 생각이 많이 들었습니다. '뭔가 잘못되면 어쩌지', '마취에서 못 깨어나는 거 아닐까' 같은 걱정이 밀려왔습니다. 호흡기를 끼고 주사를 넣자 몽롱해지면서 이내 잠이 들었습니다. 한숨 잔 듯이 깨어나자 두꺼운 이불이 덮여 있었습니다. 어느새 시술이 끝나 있었습니다. 끝났다는 안도감과 함께 살아 있음에 감사하다는 생각이 들었습니다.

눈물이 주룩주룩 흘러내렸습니다. 이유는 알 수 없었지만 마음이 조금 후련해지는 것 같았습니다. 지난번과는 또 다른 느낌이 들었습니다. 이번에는 난자를 키우면서도 약 부작용으로 힘든 시간을 보냈습니다. 그렇게 고생했던 지난날들이 떠오르면서 만감이 교차했습니다. 회복실에서 잠시 머물며 안정을 찾은 뒤 채취한 난자의 개수와 주의사항을 설명 듣고 병원에서 나왔습니다.

남편과 자주 가던 육개장집에 가서 따뜻한 국물에 밥을 먹었습니다. 그제야 긴장이 풀렸습니다. 이식 날짜까지 확정해서 돌아오니 마음이 편안했습니다. 이식을 기다리는 며칠 동안 잠만 잤습니다. 몸이 힘들어서인지, 빨리 회복하고 싶어서인지 낮잠을 서너 시간 자고도 밤잠을 잘 잤습니다. 그런데 난자를 한꺼번에 많이 채취한 탓에 복수가 차기 시작했습니다. 1차 때와는 다르게 배가 붓고 스치기만 해도 통증이 심했습니다. 심하면 병원에 가야 했지만 참을 수 있는 정도라 인터넷에서 복수 빼는 방법을 찾아 시도했습니다.

인터넷에서 본 대로 이온 음료 1.5리터를 곳곳에 두고 하루 한 병씩 마셨습니다. 계속 화장실에 가며 배출하는 방법밖에는 없어서 틈만 나면 마시려고 노력했습니다. 그래도 쉽게 빠지지 않아서 집 앞으로 산책을 나갔습니다. 좀 걸으면 나을까 싶었는데, 20분 정도 걸으니 배가 아프고 지치기 시작했습니다. 무리하면 안 될 것 같아 집으로 돌아와서 휴식을 취했습니다.

글을 쓰는 일도, 영어를 공부하는 일도, 학원에 가는 것도 아무것도 할 수 없었습니다. 두 달에 한 번 돌아오는 난자 채취와 시술이 인생 전체를 뒤흔들고 있는 기분이었습니다. 아직 시험관 시술은 두 번밖에 하지 않았는데도 힘에 부치는 스스로가 싫었습니다. 사실 몸도 마음도 지치는 게 당연한 일이었습니다. 그냥 지금 이 모습을 있는 그대로 받아들이고 쉴 수 있을 때 쉬고 다시 일상으로 돌아왔을 때 열심히 하면 되는데 이도 저도 못 하고 있는 제 모습이 너무 미웠습니다.

●

가장 많이 생각나는 사람은 엄마였습니다.

"엄마, 나 아파"하고 기대고 싶었습니다.
하지만 참았습니다.

엄마에게 위로를 들으면,
아니 목소리만 들어도
저는 무너져 내릴 것 같았습니다.

하늘에 있는 아버지가 떠올라서 한참을 울기도 했습니다.

이 시간이 가혹하다 느껴질 때는

화를 내기도 했습니다.
아무것도 달라지는 건 없었습니다.

첫 번째 시험관 시술은 10번이건 20번이건 할 수 있을 때까지 하면 된다는 마음으로 시작했습니다. 두 번째 시도 만에 그런 자신감이 벌써 반 이상 달아나 버렸습니다. 내 인생의 일부가 사라지고 있다는 느낌마저 들었습니다. 이식을 앞두고 10일. 마음이 너무나도 복잡한 날들이었습니다. 그냥 10일 뒤만 생각하기로 했습니다. 그리고 그 10일 뒤에는 다시 피검사를 하는 날까지 앞만 바라보기로 했습니다.

아직 복수가 빠지지 않은 배가 괜찮은 건지 간호사에게 문의하자 이식하고 나면 더 심해지는 경우도 있다는 답을 들었습니다. 서서히 빠질 테니 너무 걱정하지 말라는 이야기도 덧붙였습니다. 흔하게 겪는 증상들이었습니다. 항생제를 먹고 토하는 것도, 메슥거리는 현상도 일반적이었습니다. 놀라웠습니다. 이런 것들을 다 이겨 내고 몇 번씩이고 도전하는 예비 엄마들이 존경스러웠습니다. 그리고 저도 조금더 힘을 내야겠다고 생각했습니다.

나 자신을 알고 내 길로만 가면 된다고 했지만 막상 현실에 닥치면 길이 보였다 보이지 않았다, 눈앞이 밝아졌다 깜깜해졌다를 반복했습니다. 이식을 앞둔 밤에는 잠이 잘 오지 않습니다. 그저 저의 바람이 이루어지길 간절히 바랐습니다.

121

두 번째 실패가 준 것

이식 후 10일은 참 더디게 지나갔습니다. 계획한 일정들을 모두 취소하고 침대와 한 몸이 되어 보냈습니다. 처음엔 그렇게 누워 지내는 게 지겨웠지만 며칠이 지나자 점점 적응해서 일어나기 싫어졌습니다. 이대로 게으름뱅이가 되어 가는 것 같아서 마음 한편이 불편해졌고 체력이 떨어져 잠깐 움직이기만 해도 피곤했습니다. '좋은 일이 생길 거야. 이렇게 쉬는 게 맞는 거야.' 그렇게 마음을 다잡았습니다. 그리고 기다리던 1차 피검사 날이 왔습니다.

사람들은 피검사를 하기 전에 임신 테스트기를 해 본다는데 전 보기 두려워 참았습니다. 아침 일찍 혼자 병원을 찾았습니다. 피검사만 하고 나중에 전화로 결과를 통보해 주기 때문에 병원에 잠시 다녀오는 건 쉬운 일이었습니다. 그러나 10일 동안 집에만 있던 탓인지 이렇게 피곤한 일인가 의아할 정도로 진이 빠졌습니다. 집에 돌아오자마자 소파에 누워 쉬었습니다. 아무런 의욕도 없이 피곤하기만 한 제 모습이 싫어졌습니다. 남편은 그런 제 마음을 눈치챘는지 오늘은 외곽에 가서 바람도 쐬고 밥도 먹고 오자고 했습니다. 그렇게 가을 끝 단풍을 보기 위해 집에서 출발했습니다.

가는 도중에 병원에서 전화가 왔습니다. 간호사의 밝은 목소리에 혹시 이번에는 좋은 소식이 있지 않을까 기대했습니다. 그러나 제가 원하는 답이 아니었습니다. 수치가 전혀 나오지 않았고 안타깝게도 이번은 실패라고 합니다. 처음 듣는 말이 아니어서인지 이전보다는 더 담담하게 받아들였습니다.

운전하던 남편은 한숨을 내쉬며 아주 속상해했습니다. 그런 그를 다독였습니다. '하늘의 뜻이 이번에는 아닌가 보다' 했더니 남편도 금방 웃으며 앞으로 잘 될 테니 너무 걱정하지 말자고 저를 위로했습니다. 우리는 국수를 먹고 단풍이 완연한 남한산성에 갔습니다. 예뻤습니다. 하늘도, 날씨도, 단풍도 어느 하나 부족함 없이 예쁘고 감사한 날이었습니다. 그런데 마음속 깊은 곳에서 슬픔이 차오르고 있었습니다.

그날 밤 다음 시험관 시술까지 좋은 음식도 먹고 하고 싶은 일도 하며 좀 더 건강하게, 열심히 살자고 다짐했습니다. 예전에 비하면 마음이 많이 단단해진 것 같았습니다. 그런데 며칠 후에 명상을 하다가 '지금 내가 행복하기를'이란 말에 눈물이 쏟아졌습니다. 과거에 연연하지 말고, 미래를 두려워하지 말며, 지금 내 모습을 사랑하고 행복하라는 말에 무너져 내렸습니다. 그동안 미래를 걱정하며 두려워했던 제 모습이 떠올랐습니다. '이번엔 되겠지? 다음엔 될 거야!' 계속 되뇌던 말 이면에 실은 깊은 두려움이 있었던 것입니다. 내가 애써 모른 척했던 두려움을 깨닫자 심장이 쿵 하고 떨어지는 느낌과 함께 눈물이 멈추질 않았습니다.

사실 괜찮지 않았습니다. 많이 아프고 많이 힘들었습니다. 그런데 그렇다 말하면 정말 힘들어지고 정말 아파질 것 같아 참았습니다. 그제야 비로소 진심으로 나를 위로할 수 있었습니다. 지금을 사랑하라는 말과 나를 사랑하라는 말이 참 고마웠습니다. 하늘에서 아버지가 해 주는 말처럼 들렸습니다. 너무 힘들어하지 말라고 위로해 주는 것 같았습니다.

아기를 만날 때까지 앞으로 더 단단한 마음과 용기가 필요할 텐데, 아직 몇 번 겪지 않았으면서 너무 투정을 부리고 있는 것은 아닌지 반성했습니다. 또 한 번의 실패와 경험이 쌓였습니다. 이 경험이 분명 좋은 결과로 돌아올 거라고, 지금 제 모습을 좀 더 사랑하고 아끼기로 다짐했습니다.

실패를 통해서 저 자신을 더 알게 되었습니다. 안 괜찮을 때는 그냥 안 괜찮다고 말하고, 울고 싶으면 울기로 했습니다. 지금의 나를 받아들이고 솔직해지기로 했습니다.

정말 솔직하게 말하면 하루, 한 달, 1년이 가는 것이 두렵습니다.

지금 임신을 해도 열 달 뒤에 아기를 만날 수 있는데, 나이만 한 살 더 늘었습니다. 한 번 실패를 하면 다음을 기다리기까지 많은 시간을 보내야 합니다. 마음 같아서는 계속 시도하고 싶지만 몸이 회복되는 시간도 필요하니까요. 잘 알면서도 아이를 만나기 위한 과정이 점점 길어지고 끝이 보이지 않으니 초조함이 더해 갑니다. 무엇이 문제일지 알 수가 없습니다. 그 문제를 알아도 제가 할 수 있는 일은 기다림뿐입니다.

그래도 아이를 만나기 위해, 엄마가 되기 위해 용기를 내서 준비를 합니다. 매일 일정한 시간에 몸에 주사를 놓습니다. 조기배란억제 주사로 시작해서 과배란 주사까지 하루 두 개의 주사를 매번 같은 시간에 놔야 합니다. 오랫동안 바늘을 찌른 탓에 배에는 멍이 들지 않은 곳이 없었습니다. 병원에서는 피부가 모세혈관으로 둘러싸여 있어서 어쩔 수 없이 배에 멍이 드는 것이니 걱정하지 말라고 했지만 가끔 멍 투성이인 배를 보면 주사를 놓기가 망설여질 때가 있습니다. 배가 참 안쓰럽다는 생각이 들었습니다. 열심히 노력한 훈장 같은 거라고 마음을 다독인 다음 주사를 놓습니다.

주사 후에는 생리통이 더 극심해지는 느낌입니다. 너무 아파서 약도 여러 알을 먹어야 했습니다. 고통스럽고 눈물이 흘렀습니다.

아무것도 하기 싫어지고, 그동안 열심히 하려던 마음마저 누가 다 훔쳐가 버린 것 같았습니다. 정말 솔직히 지치고 힘들었습니다. 그러나 포기할 수 없었습니다. 약을 먹고 일어나서 밥도 하고 청소도 했

습니다. 잊으려 노력했습니다. 그리고 어느새 다시 난자를 채취하는
날이 다가왔습니다. 이제 다시 시작입니다.

팀 페리스의 책 『지금 하지 않으면 언제 하겠는가』에서 사라 엘리
자베스 루이스는 실패를 이렇게 표현했습니다.

"패배라는 표현 대신 '근접 성공'이라고 바꿔 불렀다. 최고의 성공
은 성공의 완성에 있지 않다. 최고의 성공은 성공에 가장 근접해 있는
상태다. 목표 달성 직전에 이르렀을 때 우리는 엄청난 추진력을 얻기
때문이다."

저는 지금 몇 번의 근접 성공을 했습니다. 곧 추진력을 받아 성공
하겠지요? 실패를 실패라고 받아들이지 않기로 했습니다.

시험관 시술 후의 기다림은 언제나 참 깁니다. 침대에 누워 온종
일 TV도 보고, 책도 읽고, 공부도 하며 지냈습니다. 창밖으로 보이는
나무와 하늘이 영화의 한 장면처럼 멋진 날이었습니다. 집 앞 공원에
산책하러 나갔습니다. 운동하는 할아버지와 할머니들이 많았습니다.
따뜻한 차 한 잔을 들고 나가 벤치에 앉아서 시간을 보냈습니다.

참 감사했습니다. 제 인생에서 이렇게 자신에게 집중하며 보낼
수 있는 여유로운 시간이 또 언제 존재할 수 있을까요? 이런 시간을 얻
은 것에 감사했습니다. 어쩔 수 없는 선택들이 가득한 시간이었지만

마냥 힘들다고 투정만 부릴 시간은 아니었습니다. 이렇게 온전히 나만의 시간을 보내고 편안하게 쉴 수 있는 것을 감사하며 다시 힘을 냅니다.

곁에 있는 사람들

    새언니가 출산을 위해 병원에 입원했다는 이야기를 듣고 엄마를 모시고 병원으로 향했습니다. 우리가 도착하고 1시간이 채 지나지 않아서 조카가 태어났습니다. 갓 태어난 아기를 본 건 그때가 처음이었습니다. 사랑스러웠습니다. 눈물이 나올 뻔한 걸 간신히 참았습니다. 아주 예쁜 천사였습니다. 건강하게 세상에 태어나 줘서 정말 고마웠습니다.

    조카를 만나고 저는 제 병원으로 향했습니다. 만감이 교차하는 순간이었습니다. 사랑스러운 조카를 보니 아기를 갖기 위해서 병원으로 향하는 발걸음이 참 무거웠습니다. 건강하고 예쁜 아기를 낳은 새언니가 고맙고 부러웠습니다. 친구들이 아기를 낳았다고 했을 때와는 전혀 다른, 표현하기 힘든 감정이 몰려왔습니다. 천사처럼 예쁜 조카를 보니 우리도 빨리 아이를 낳고 싶었습니다. TV에 나오는 아이들만 봐도 좋아하는 남편이 우리 아이를 보면 얼마나 좋아할까요? 시부모님도 손주를 보면 얼마나 좋아하실까 싶었습니다. 우리는 전생에 어떤 죄를 지었기에 이런 고통을 받는 건가 하는 슬픈 생각에 잠겼습니다. 괜스레 지나가는 아이에게서 눈을 떼지 못하는 남편에게 빨리 가자며 짜증을 부렸습니다.

남편과는 결혼 전부터 서로 배려하며 잘 맞춰 갔기 때문에 살면서도 어려운 일이 없을 거라 생각했습니다. 그러나 아이가 생기지 않자 초조함이 생겼고 그 초조함의 원인을 남편에게서 찾으려 했습니다. 모든 원망의 화살이 남편에게 쏠렸습니다. 인공수정이나 시험관 시술을 위해 셀 수 없이 병원에 가야 하는 여자와 달리 남자는 단 한 번만으로도 검사와 시술이 모두 끝납니다. 똑같이 직장에 다니는데 저는 일과 시술, 집안일까지 병행해야 하는 반면 남편은 자기 일만 하면 됐습니다. 왜 나만 병원 예약 시간에 맞추려고 안달복달이고, 왜 나만 각종 검사와 시술에 녹초가 되어야 하는지 화가 났습니다.

병원에 함께 와 옆에서 기다려 주는 것만으로도 위로가 되는데 그것도 잘 안되니 남편과 온 다른 사람들이 부럽고 제 남편이 원망스럽기도 했습니다. 저 혼자 아기를 갖기 위해 발버둥을 치고 있는 것 같았습니다. 하물며 아이를 원하는 시댁 어른들을 볼 때도 저만 죄인이 된 것 같았습니다. 남편은 한 번도 기죽은 적도 없었습니다. 친정에서도 마찬가지였습니다. 친정에서는 남편에게 아이 문제에 대해 말조차 꺼내지 않았습니다.

아이 문제로 항상 온 신경이 곤두서 있었지만 그 고민을 시부모님에게 이야기하지는 않았습니다. 저는 우리가 해결해야 할 우리의 문제라고 생각했습니다. 우리 일로 심려 끼치기 싫어 내색하지 않았는데, 어느 날 시부모님이 대책을 세워야 하지 않겠냐는 이야기를 꺼내셨습니다. 아마 남편에게는 단도직입적으로 말씀하셨을 겁니다. 그이는 제가 힘들어하는 것을 알고 전달하지 않았습니다. 그러나 시부모님은 은연중에 제게 그런 마음을 내비치셨고 그게 저를 너무 힘들게 만들었습니다. 겉으로 보기에는 아무렇지 않아 보일지라도 그 속은 시꺼멓게 타들어 가고 있었으니까요.

결혼한 지 3년째 되던 해에는 제가 힘들어한다는 것을 아시고 위로의 말로 아이가 없으면 입양해도 되니 걱정하지 말라고 말씀하셨습니다. 당시 결혼한 지 고작 3년 된 우리에게, 당시에는 병원도 아직 다녀보지 않은 우리에게 입양을 말한 자체가 엄청난 충격이었습니다. 시부모님의 입장에서 그 말은 정말 수천 번 생각하고, 많은 것을 내려놓고 하신 말이었겠지만 제게는 상처로 다가왔습니다. 지나가는 사람의 말은 상처받아도 무시하고 금방 털어 버릴 수 있습니다. 하지만 늘 함께하는 가족에게 받은 상처는 생각보다 오래 지속됩니다.

주변에서 난임 문제로 이혼하는 경우를 보면, 아이 문제로 시작

"네가 오는 그날까지"

해서 부부의 문제로까지 이어지는 경우가 많습니다. 가족을 포함한 주변의 시선도 더해지면 참 힘듭니다. 부부 사이에 서로에 대한 배려와 믿음이 없다면 견디기 힘들 때가 참 많습니다. 난임은 어느 한 사람의 문제가 아닙니다. 어느 한쪽에게 의학적 문제가 있더라도 그것이 꼭 한 사람의 문제라고 할 수는 없습니다. 부부가 되겠다고 약속한 순간 이는 서로의 문제입니다. 문제를 해결하기 위해 상대방의 입장을, 좀 더 배려하고 좀 더 신경 써야 합니다. 가족들도 마찬가지입니다.

난임 부부 곁에 있는 부모님들께도 이 말을 전하고 싶습니다. 아무 말씀도 하지 말아 주세요. 물론 자녀들을 사랑하는 만큼 안타까움이 커서 여러 이야기를 해 주고 싶은 부모님의 마음을 이해합니다. 진심 어린 걱정에서 입양이나 병원 등을 추천하시는 것 잘 압니다. 그렇지만 그것들은 모두 부부가 생각하고 선택해야 하는 문제입니다. 그러니 아무 말씀하지 말아 주세요. 정 이야기하고 싶으시다면 그저 행복하게 살라고 말씀해 주세요. 그리고 그렇게 살다 보면 분명히 예쁜 아이가 찾아올 거라는 말이면 충분합니다.

우 리 가 선 택 한 길

　자주 듣는 팟캐스트 중 〈법륜 스님의 즉문즉설〉이라는 프로그램이 있습니다. 누구든지 고민이나 궁금한 것을 질문하면 스님이 답을 해 주는 형식이었습니다. 사업에 실패한 사람이 앞으로 어떻게 살아가야 하는지, 공부가 잘 안 되는 학생이 앞으로 어떻게 극복해야 하는지 등 살면서 궁금했던 질문들이 있었습니다. 그러다 보니 난임 사연도 있겠다 싶어 검색했더니 역시 있었습니다. 즉시 재생했습니다.

　몇 번의 임신 실패를 겪은 뒤 마음을 어떻게 다스려야 하는지, 주변에서 아기 안 낳느냐는 질문을 받을 때마다 엄청난 스트레스를 받는데 어떻게 대처하면 좋을지에 대한 질문이었습니다. 난임 부부라면 매번 부딪치는 문제였죠.

　스님은 왜 스님에게 아이 문제를 질문하는지 이해가 안 간다는 농담으로 재미있게 답변을 시작했습니다. 이어 부부에게 신체적 문제는 없는지 물었습니다. 없다고 대답하자 이번에는 부부에게 장애가 있는 아이가 생긴다면 어떻게 하겠냐는 질문을 했습니다. 한 번도 생각해 본 적 없는 질문이었습니다. 아기를 빨리 낳을 것만 고민했지, 태어날 아이가 아프거나 장애가 있다면 어떨지 생각해 본 적이 없었습니다.

'몸이 아픈 아이를 낳아도 후회를 하지 않을 자신이 있는가? 건강한 아기만을 원하는 것은 아닌가?' 그때 깨달았습니다. 모든 것이 제 욕심이었다는 것을요.

스님은 아이를 달라고 기도할 때 어떤 아이를 주셔도 감사히 받겠다는 마음이 있어야 한다고 말씀하셨습니다. 아픈 아이를 낳아도 이 아이를 주셔서 '감사합니다'라고 말할 수 있어야 한다고 했습니다. 사연의 여성분은 인공수정 세 번에 시험관 시술도 여러 번 시도했으나 아이를 잠깐 품고 유산했다고 했습니다. 그러자 스님은 자연적인 유산은 기쁜 일에 속한다고 하셨습니다.

약물이나 외부에 의해 아이가 유산된 것은 좋지 않지만 자연적인 유산은 감사한 일이라고 하셨습니다. 완전한 자궁에서 불안정한 유전자가 자연적으로 도태된 것인데, 그대로 불완전 유전자를 가진 아이가 태어난다면 자라서 건강이 이상이 있었을 수도 있고 고통이 따랐을 수 있다고 말씀하셨습니다. 불교에서 이런 상황을 '아직 태어날 인연이 되지 않았다'고 표현한다고, 인연에 따르겠다고 기도하라고 당부하셨습니다. 그래도 아이가 안 생긴다면 안 낳는 게 복이라 생각하라고 일렀습니다. 이래도 좋고 저래도 좋다는 마음으로 살 것을 권했습니다. 아기를 무조건 낳아야겠다는 마음을 갖고 있다 보면 마음의 응어리가 생기는데 그것이 풀려야 인연이 닿는다고 말씀하셨습니다. 항상 생각하는 부분이었는데 스님의 말씀을 듣고 다시금 깊이 와닿았습니다.

스님은 또 남들이 아이에 대해 물어보면 아직 생각이 없다고 대답하라고 하셨습니다. 왜 안 낳느냐고 묻거든 '우리 둘이 사랑하기도 바빠서 아이까지 돌볼 여력이 없다'고 대답하라고 했습니다. 그렇게 이야기하면 아이가 생겨도, 안 생겨도 상관없을 것이고, 아이가 생기면 정성으로 키우면 될 것이며, 그대로 서로 사랑하며 살아가면 된다는 말씀이었습니다.

한동안 저는 아이에 대한 질문을 받으면 아직 책임질 자신이 없다는 이야기를 했습니다. 그러면서 그런 말을 하는 것 자체가 속으로는 지치고 힘들었던 적이 있습니다. 그런 말을 해서 아기가 오지 않는 건지 불안해하던 날도 있었습니다.

어떤 것에도 정답은 없습니다. 이렇게도 말해 보고 저렇게도 말해 보고 내 마음이 가장 편한 대로 사람들을 상대하다 보면 편해지는 날이 오지 않을까요. 저는 정공법을 택했습니다. 아이를 왜 갖지 않느냐는 질문에 이제는 안 생겨서 병원에 다닌다고 말합니다. 때로는 상대가 난감해하기도 합니다. 대처하기 힘든 적도 있었지만 그래도 공감해 주는 사람이 더 많아 조금은 마음이 편해졌습니다.

누군가의 말보다 내 마음이 가장 중요하다는 것을 잊지 않으려 오늘도 노력 중입니다. 스님의 이야기가 정답이라고 말할 순 없겠지만 그동안 생각해 보지 않았던 여러 가지를 고민하게 되었습니다. 건강하고 예쁜 아기만을 바라고 있던 저를 다시 돌아보았습니다. 정말 아기가 생겨서 그 아이를 책임져야 할 때를 생각해 볼 수 있었습니다.

대부분의 사람들이 가족계획을 먼저 세운 후에 결혼하지는 않습니다. 살다 보면 아이가 생기기도 하고, 아이를 낳고 기르면서 생각하지 못했던 많은 문제를 만나게 됩니다. 그리고 그 문제들을 해결하며 치열하게 살아갑니다. 아이를 낳으면 적어도 30년 동안은 부모의 삶을 살아야 합니다.

반면 사랑하는 사람과 결혼해서 둘만이 사랑하며 보낼 수 있는 시간은 짧습니다. 아이를 가지는 순간부터 아이가 독립하는 그때까지 부모로서 살아가야 하는 날이 더 깁니다.

아이를 기다리는 시간이 길어지면서 너무 힘들고 지치지만 반대로 생각하니 사랑하는 사람과 둘이 함께 보낼 수 있는 시간이 남들보다 더 주어진 것이기도 했습니다. 어쩌면 이 시간을 배우자와 더 돈독해지고 행복하게 살라고 주신 것일지도 모르겠다는 생각이 들었습니다.

지금 주어진 이 시간은 바로 어떤 엄마가 될지 정하고 성장하는 엄마가 될 시간인 것입니다.

아침에 소원 세 가지를 적으며 하루를 시작합니다. 눈도 안 떠지고 입도 깔깔하고 정신이 없지만 손을 움직입니다. 역시 가장 먼저 쓰는 소원은 건강한 아이를 품고 출산하는 일입니다. 두 번째 소원은 이 책이 저와 같은 난임 부부들에게 위로가 되었으면 좋겠다는 것입니다. 세 번째 소원은 아이와 함께 해외여행을 가겠다는 것입니다. 이렇게 하루를 시작하면 정신이 번쩍 들고 얼른 이불을 박차고 나가게 됩니다.

사실 소원 쓰기는 인공수정을 하면서 흔들리는 마음을 붙잡고자 시작했던 것이었습니다. 이 작은 행동이 활력을 주고 마음을 안정을 줍니다. 그동안 이 소원 적기의 효과를 톡톡히 봤습니다. 신기하게 두 가지 소원이 이루어졌거든요. 돈 100만 원이 필요해서 소원을 적었더니 정말 신기하게도 회사 보너스로 딱 100만 원이 나오면서 이루어졌습니다. 회사 창립 후 단 한 번도 없었던 사례라 더 기뻤습니다. 또 하나 영어 공부를 할 수 있는 여건이 됐으면 좋겠다고 적으니 영어책 구매 이벤트에 당첨이 됐습니다. 크든 작든 매일 바라던 일이 이루어졌다는 사실이 기뻤습니다.

첫 번째 소원은 아직 자리를 지키고 있습니다. 이 소원도 곧 이루어질 거라 생각합니다. 가장 간절한 첫 번째 소원이 이루어지는 그날까지 하루도 빼먹지 않고 소원을 쓰는 것이 목표입니다. 그리고 아이가 태어나면 잘 보관했다가 너를 이렇게 간절히 기다렸다고 보여 줄 생각입니다.

저는 아이를 낳고 기르겠다는 선택을 했습니다. 아이는 생겼으니 낳고 기르는 것이 아니라 우리가 선택한 길입니다. 그 선택에는 책임이 분명한 존재합니다. 아주 간단한 진리인데 오랜 시간 방황한 뒤에야 닿았습니다. 법륜 스님의 말씀처럼 어떤 아이가 오더라도 감사하게 키울 마음으로 아기를 간절히 기다리기로 했습니다.

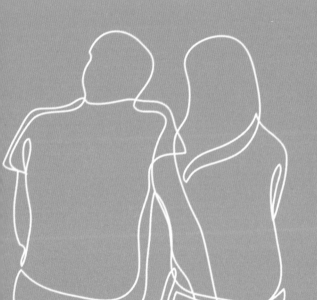

PART 4

나는 성장하기로 결심했다

기 다 림 , 불 안 함 , 초 조 함 과 싸 우 다

찬바람이 옷깃을 파고드는 계절도 지나가고 아름다운 꽃이 피는 봄이 다시 성큼 다가왔습니다. 아직 시술을 몇 번 하지 않았는데 계절이 바뀌어 버렸습니다. 될 때까지 해야겠다는 마음은 온데간데없고 다시 겨울이 턱 끝에 오기 전 아기가 있기를 간절히 바라고 있습니다. 여름에는 가을이 오기 전에, 가을에는 겨울 오기 전에, 겨울이 오면 다시 봄을 기다렸습니다. 시간이 무섭게 흐릅니다.

지난가을의 일입니다. 약의 부작용 때문에 두통도 있고 속도 울렁거려 계속 잠을 잤습니다. 하도 많이 자서 잠이 안 올 지경이었습니다. 하루를 이렇게 보내니 갑갑했습니다. 커피라도 한잔하며 마음을 달래려고 카페로 향했습니다. 카페로 가는 길목, 가로수에 달린 은행들이 노랗게 변해 있었고 살랑살랑 불어오는 바람에 은행이 우수수 떨어졌습니다. 사람들은 은행을 밟지 않기 위해 이리저리 피하며 걷고 있었습니다.

한 무리의 아이들이 앞서가고 있었습니다. 한 아이가 은행을 실수로 밟았는지 친구들이 놀리며 웃고 있었습니다. 저도 은행을 피해 요리조리 가다 보니 어느새 카페에 도착했습니다. 3층에 있는 카페에 앉아 걸어온 길을 다시 보았습니다. 참 예뻤습니다. 알록달록 단풍나무와 초록 잎 나무들이 어울려 장관이었습니다. 그런데 그 길을 걷고 있을 때는 그 아름다움을 느낄 수가 없었습니다. 길가에 떨어진 은행을 피하느라 땅만 쳐다보고 걸었으니까요. 행여 신발에 냄새라도 밸까 두려워하며 피했습니다. 내려다보니 참 사랑스럽고 예쁜 길이었는데 말이죠.

문득 내가 가고 있는 길도 그런 길이 아닐까 싶었습니다. 10년 뒤에 지금 겪은 이 일들을 떠올리면 어떨까요? 속이 울렁거리는 약 부작용은 생각나지 않을 테고, 아기를 갖기 위해 열심히 병원을 오가며 울고 웃었던 우리 부부의 모습이 남아 있지 않을까요? 그리고 그 행동들이 결실을 보아 아이와 함께 웃으며 그때를 회상하지 않을까요? 그럼 이 순간의 기억들이 모두 소중한 일이겠다는 생각이 들었습니다.

난임의 시간에 서서 저는 인생을 되돌아봅니다. 그동안의 삶과 앞으로 삶을 보게 했습니다. 그동안 저는 살아지는 대로 그냥 살았습니다. 눈앞에 있는 것들을 하나씩 해결하며 그냥 그렇게 살아왔습니다. 어쩌면 아이를 기다리는 이 긴 시간은 이전에 어떻게 살아왔는지 돌아보고 앞으로 어떻게 살아갈지 계획해 보라고 주어진 것이 아닐까 하는 생각이 들었습니다.

인생에서 이런 시간이 다시 올 수 있을까요? 하고 싶은 것을 하고 편안하게 쉬기도 합니다. 제 몸을 관찰하고 감정을 알기 위해 집중하며 스스로를 온전히 알아 가는 시간이 살면서 얼마나 있을지. 그냥 이 시간을 감사하게 받아들이기로 했습니다. 분명 어렵고 힘든 시간이지요. 여전히 기다려야 하고 어느 날에는 그래야만 한다는 사실에 가슴이 미어집니다. 이 또한 먹어야 하는 쓰디쓴 약처럼 감사하게 받아들이는 날이 올 것입니다. 당장의 기다림, 불안함, 초조함. 이 모두는 제가 그것과 정면 승부할 때 이겨 낼 수 있습니다.

난임 부부에게 불안함과 초조함은 친구 같은 존재입니다. 긴 시간을 함께할 테니 너무 오랫동안 방황하지 말고 마주하고 극복합시다.

뭐 하는 분이세요?

아기 없는 주부의 하루는 시간이 전부입니다. 남편이 출근할 때 일어나서 인사하고 다시 늦잠을 잡니다. 출근하는 모습을 못 보고 잘 때도 많아졌습니다. 11시쯤 일어나서 아침 겸 점심을 먹고 느긋하게 청소와 빨래 등 집 안 정리를 시작합니다. 매일 하다 보니 청소도 금 방 끝나 버립니다. 시장을 보고 저녁 준비를 간단하게 해 놓으면 자유 시간입니다. 책도 보고, 글도 쓰고, 영어 공부도 하며 시간을 보냅니 다. 친구를 만나거나 강의를 듣거나 병원을 다녀오면 하루가 금방 가 버립니다.

시험관 시술에 실패하고 한 달을 쉬는 동안 그 기간이 무료하고 지겨웠습니다. 여태껏 해 보지 못한 것들을 해 봐야겠다 싶었습니다. 책 읽는 걸 좋아해서 매일 책을 읽지만 독서 모임에 나간 적은 없었습니다. 쉬는 기회를 이용해서 독서 모임에 나가기 시작했습니다. 저녁 해가 질 때쯤 집을 나섰습니다. 한 달에 한 번 있는 오프라인 독서 모임 날이었습니다. 오랜만에 새로운 사람들을 만날 생각에 심장이 두근거렸습니다. 전철을 타고 가는 동안 선정 도서를 읽으며 어떤 내용을 이야기할지 정리했습니다. 간만에 느끼는 즐거움이었습니다.

너무 서둘렀는지 약속 시간보다 이른 때에 1등으로 도착했습니다. 찬찬히 세미나장 안을 둘러보니 알록달록 다채로운 색의 패브릭 의자들과 테이블이 멋스러웠습니다. 사람들이 속속 도착하고 독서 모임이 시작되었습니다. 열다섯 명 정도의 인원이 모였고 서로를 알기 위해 자기소개를 했습니다. 1분씩 하는 짧은 소개였는데, 듣다 보니 저를 어떻게 설명해야 할지 당황스러워졌습니다.

나를 뭐라고 소개하면 좋을지 몰랐습니다. 보통 자기소개를 할 때 무슨 일을 하는지, 직업을 말해 주는 것이 가장 간단하고 명확한 소개인데 저는 이제 직업이 없었습니다. 주부고, 아기를 갖기 위해 병원에 다니느라 직장을 관뒀다. 이런 개인적인 이야기를 하고 싶진 않았습니다. 그러나 그게 가장 있는 그대로의 나였습니다. 결국 제 차례가 왔을 때 저는 나이와 함께 직장은 다니지 않으며 시간의 자유가 있는 일을 찾고 있다고 말했습니다. 자기소개 시간이 끝나고, 책에 대한 여러 가지 토론을 해야 하는데 머릿속에는 앞으로 저를 어떻게 설명해야 하는지 그 고민으로 가득 차 버렸습니다.

독서 모임에는 아이 없이 세계를 여행하며 사는 부부도 있었습니다. 그 부부는 아이가 생기면 낳는 거고 아니어도 지금의 삶을 즐기는 사람들 같았습니다. 그분들을 보니 내가 너무 집착하고 있나 싶었습니다. 이런저런 생각에 머릿속이 복잡했습니다. 앞으로 자기소개할 일이 생기면 어떻게 해야 할지 걱정이 앞섰습니다.

'오늘처럼 자기소개를 해도 내 마음이 불편하지 않을까? 주부라고 소개하기 싫었던 이유는 뭘까?'

비슷한 일이 한 번 더 있습니다. 독학으로 영어 공부를 하다가 한계에 부딪쳐서 학원을 알아보게 되었습니다. 그러다 한 학원에 다니기 시작했는데, 그룹제로 운영되는 학원이라 그룹 내의 친분을 중요하게 여기는 분위기였습니다. 그래서 첫 수업에 서로를 알아 가는 시간을 주었습니다. 이름과 나이, 직업, 영어 공부를 시작한 계기, 앞으로의 각오 등을 말하는 시간이었습니다.

직장인을 대상으로 하는 학원이어서 저처럼 주부거나 놀고 있는 사람이 없을까 봐 내심 걱정이 됐습니다. 예전과 같이 주부이고 새로운 직업을 찾고 있다고 자기소개를 했습니다. 아무도 제가 난임이라는 사실은 모릅니다. 그래도 신경이 쓰였고 결혼은 언제 했는지, 아이는 있는지를 설명해야 하는 시간이 오면 또 걱정되기 시작했습니다. 언제까지 이렇게 불편해야 할까 싶었습니다.

일과 아기 중에 하나를 선택해야 하는 상황이 왔을 때 저는 아기를 선택했습니다. 그 선택에 대한 후회가 없지만 지금까지 내가 해 왔던 일이 나를 정의하고 있었다는 사실을 알았습니다. 무슨 일을 하고 어떤 직장을 다닌다는 것이 나를 말하는 가장 쉬운 방법이었습니다. 직장을 벗어나자 나를 설명할 길이 없었습니다. 나는 분명 그게 전부인 사람은 아닌데 말이죠. 그동안 스스로에 대해 너무 몰랐다는 것을 깨달았습니다.

이 세상에 전업주부로 살림을 책임지는 사람이 얼마나 많은데, 저는 왜 전업주부라고 말하기 싫었던 것일까요? 저도 모르게 아이 없는 전업주부를 직업도 없고 바쁘지도 않은 사람, 나와는 다른 사람으로 선입견을 갖고 정의 내렸던 것입니다. 스스로도 일하지 않고 쉬는 것에 죄책감을 느끼기도 했습니다. 머릿속 잘못된 편견이 저를 힘들게 하고 있었습니다. 지금 이 순간은 건강 회복을 위해서 잠시 쉬는 시간일 뿐이고 굳이 일을 하지 않아도 된다고 자신을 다독였습니다. 앞으로 나를 설명하고 소개하라는 이야기를 듣는다면 일을 찾고 있다는 사족을 붙이지 않고 당당히 주부라고 말하기로 결심했습니다.

지혜로운 엄마가 되기 전에 지혜로운 주부가 되기로 결심했습니다. 매일 하는 청소도 좀 더 전략적으로 하고 한동안 미뤄 두었던 서랍 정리도 하겠다고 다짐했습니다. 그냥 시간만 보내다 보면 자연스레 좋은 엄마, 좋은 아내가 될 수 있다고 생각한 자신을 반성했습니다. 어떤 존재가 될지 결정했다면 그에 맞는 자신을 지금부터 만들어야 하는 것입니다. 앞으로 아기를 만날 때까지 얼마의 시간을 더 보내야 할지 끝을 알 수 없어서 두렵고 무서울 때도 있지만 이제는 조금 내려놓고 현실에 집중해 보기로 합니다. 저 자신을 믿어 보는 겁니다.

　많은 분이 시험관 시술을 앞두고 직장을 어떻게 해야 할지 고민할 것입니다. 누군가는 좋아하는 일이기에 포기하지 않고, 누군가는 어쩔 수 없이 일해야 할 수도 있고, 누군가는 일을 하고 싶어도 하지 못할 수도 있습니다.

　저도 직장을 그만두면서 다시 일하지 못할까 두려웠습니다. 특히 스스로를 설명할 수 없는 상황이 되자 더욱 두려웠습니다. 실제로 두 번이나 저는 제가 누구인지 제대로 말하지 못했으니까요. 그리고 내 직업을 잃었다는 느낌에 슬퍼하기도 했습니다. 그러나 만약 일을 그만두지 않고 계속 회사에 다녔더라면 아마 다른 두려움이 있었을 겁니다. 누구나 선택하지 않은 길에 대한 후회가 있습니다. 후회 대신 지금 선택한 길에서 장점을 찾는 것이 어떨까요?

　긍정적으로 보자면 소속감이 사라져 두려웠지만 어디든 갈 수 있는 자유를 얻었고, 일을 구하지 못할까 두려웠지만 앞으로 아이가 생기면 아이와 함께할 수 있는 일을 찾을 기회가 생겼습니다. 모든 일에는 양면성이 있습니다. 지금 아이를 기다리는 시간도 괴로움이 크지만 아기가 태어나면 축복으로 다가올 것입니다. 아기를 키우면서 예전의 힘들었던 일들은 지금에 비하면 아무것도 아니라고 생각할지도 모르죠. 다시, 지금 내가 할 수 있는 일에 집중합니다.

나를 채우는 시간

직장을 그만두었을 때 빈 시간을 사용할 줄 몰라 스트레스를 받고 어쩔 줄 모르던 기간이 있었습니다. 그래서 이번에는 직장을 그만두기 전에 병원 스케줄을 소화하면서 계속 병행할 수 있는 무언가를 찾아야 했습니다. 아르바이트를 알아볼까 하다가 배우고 싶었던 것들을 공부해 보는 것도 좋을 것 같았습니다. 여태껏 계속 미뤄 왔던 공부를 해 보기로 했습니다.

무엇을 배워야 할지 고민하다 독서와 관련된 것들을 찾기 시작했습니다. 독서를 좋아하기도 하고 또 독서법을 배워 두면 나중에 아이에게 가르쳐 줄 수도 있을 것 같았습니다. 그래서 독서법에 관한 책을 찾다가 『본깨적』이라는 책을 알게 되었습니다. 그 책의 내용대로 각 도서에서 읽은 것과 깨달은 것 그리고 적용할 것을 나눠서 생각하면 감상도 풍부해지고, 훨씬 더 제 삶에 도움이 되겠다는 생각이 들었습니다. 매번 독서를 하면서 읽을 때는 와닿지만 책을 덮으면 그 기운이 다 날아가는 것 같았는데, 어떻게 하면 독서가 인생을 바꿀 수 있는지에 대한 방법을 알려 주는 책이었습니다.

그러다 우연히 책을 쓴 저자의 스승님이 주최하는 독서 모임이 있다는 것을 알게 되었습니다. 토요일 새벽에 시작하는 독서 모임이라 직장에 다니는 와중에도 가 볼 수 있었습니다. 두 번 실패하고 3주째가 돼서야 제 시간에 독서 모임에 참석할 수 있었습니다. 저만 있을 줄 알았던 적막한 오전 5시 50분 전철 안에는 많은 사람이 있었습니다. 신선한 충격을 받았습니다. 아침 공기와 활기찬 사람들의 모습에 놀랐습니다. 아침 일찍 일어났다는 피곤함은 사라지고 정신이 번쩍 들었습니다. 새삼 감동이 밀려왔습니다. 독서 모임 또한 이른 새벽 시간에 얼마나 많은 사람이 오겠냐 싶었는데 강의실 안에 가득 찬 사람들을 보고 전율이 느껴졌습니다. 내가 가장 열심히 살고 내가 가장 힘들게 산다고 여겼었는데 그 생각이 한 방에 날아가는 순간이었습니다.

처음 오는 사람은 이 독서 모임을 주최한 강규형 대표와 티타임을 가질 수 있었습니다. 티타임을 하면서 이런저런 이야기를 나누었는데 그 속에 교육 이야기가 있었습니다. 또 그곳에서 여러 강의도 진행하는데, 제가 듣고 싶었던 독서경영 과정도 있었습니다. 예전부터 독서경영 기본과정을 듣고 싶은 생각은 있었지만 예상보다 높은 가격에 고민스러웠는데 그 마음을 아셨는지 비용을 아까워하지 말고, 그

비용보다 더 많이 배워 가고 더 많이 얻어 가라고 말씀하셨습니다.

집에 돌아가는 길에 과연 그 강의가 도움이 될지, 가격 대비 좋은 강의일지 고민했습니다. 생일을 앞둔 시기여서 물건보다는 강의를 선물하자는 마음으로 수강을 결심했습니다. 제가 원했던 독서 강의는 당장은 일정이 없어서 들을 수가 없었습니다. 그래서 당장 이틀 뒤에 있는 바인더 강의를 신청했습니다. 『본깨적』에도 소개된 강의이니 한 번 들어 보는 것도 나쁘지 않을 것 같아 평일 휴가를 내고 8시간 셀프 리더십 강의에 참석했습니다. 열정적으로 강의하는 강규형 대표에게서 엄청난 에너지가 뿜어져 나왔고 시간과 목표, 성과, 업무관리에 대한 접근이 새롭게 다가왔습니다.

셀프 리더십 과정에는 평생 계획, 꿈 리스트 작성, 세대별 계획, 연간 계획, 매달 계획, 주 계획으로 세분화되어 있는 계획표를 작성하고 피드백하는 시간이 있었습니다. 평생 계획표에 대한 설명을 듣는 중에 강규형 대표가 딸을 얻기까지 기다림의 시간이 길었다는 사실을 알게 되었습니다. 매년 가장 원하는 일에 아이를 만나게 해 달라고 적었다는 그는 힘든 시간을 보내면서도 단 한 번도 그 꿈을 내려놓은 적이 없다고 이야기했습니다. 그 이야기를 들으며 저는 눈물을 삼켰습니다.

그리고 꿈 리스트를 작성하면서 지금껏 단 한 번도 아이를 갖고 싶다고 어딘가에 적어 본 적이 없다는 사실에 가슴이 미어졌습니다.

매번 아이가 왜 생기지 않는지 걱정만 했지, 앞으로 아이가 오는 그날까지 어떻게 살아갈지 구체적으로 그려 본 적이 없었습니다.

'앞으로 지혜롭고 존경받는 엄마가 되겠다, 부모에게는 솔직하고 효도하며 살겠다, 남편에게는 현명하고 편안한 아내가 되겠다'고 적었습니다. 가볍게 시작한 강의가 삶 전체를 뒤돌아보게 했고 삶의 방향을 알려 주었습니다. 그렇게 셀프 리더십 강의를 듣고 정신이 번쩍 들었습니다. 그 뒤로 강의의 영향으로 바인더 노트를 사용하여 시간 관리를 하게 되었습니다. 하고 싶은 일을 하나씩 적어 가며 어떻게 실행할지 매달, 매주, 매일로 나누어 계획했습니다. 이전과 다른 삶을 사는 저 자신이 자랑스러웠습니다. 아무것도 아닐 수 있었던 강의가 제 삶을 바꾸었습니다. 얼마 후에는 제가 배우고 싶어 했던 독서경영 기본과정도 시작했습니다. 그리고 그와 함께 마치 종교에 빠진 사람처럼 매주 열심히 독서 모임에도 참석했습니다.

비로소 제 시간을 찾은 것 같았습니다. 지쳐서 울기만 하고, 나 자신을 자책하고, 다른 사람을 탓했던 예전 모습을 반성했습니다.

●

지쳐 있던 마음에 단비가 내렸습니다.

난임과 정면으로 싸우기로 다짐했습니다.

건강한 아이를 만나기 위해서 건강한 엄마가 되기로 했습니다.

난임에 정답은 없으니 현재를 받아들이고 할 수 있는 최선을 다하는 것뿐이었습니다. 그렇게 다짐하고 나니 예전보다 병원에 가는 것이 두렵지 않았습니다. 사람들에게 이야기하는 것도 훨씬 편해졌습니다.

사람마다 자존감을 회복하는 방법이 다 다릅니다. 저는 그동안 해 보지 않았던 무엇인가에 도전하면서 생각지도 못한 에너지를 얻었습니다. 강의를 신청할 때까지만 해도 이만큼의 변화를 얻으리라고는 예상치 못했습니다. 그저 생일 선물로 강의를 듣는 것에 의미를 두었고 어떤 강의이기에 제가 좋아하는 책의 저자가 그렇게 칭찬했는지 궁금했을 뿐입니다. 지금은 그 책을 본 것과 새벽 독서 모임에 가게 된 것, 강의를 신청하게 된 것 모두에 감사하고 있습니다.

초조했던 마음이 진정되었습니다. 앞으로 그저 일을 하지 않는 시간이 아니라 나와 미래의 아이를 위해 성장하는 시간으로 키워야겠다는 마음이 강력해졌습니다. 제게 주어진 난임의 시간을 성장의 시간으로 바꾸기로 했습니다. 처음부터 완벽하지 않았고, 잘하지 못했습니다. 시간이 쌓이면 잘하게 될 거라 믿고, 최선을 다하려고 노력했습니다. 하나씩 배우며 성장했습니다. 팔을 걷어붙인 만큼 무엇인가를 해내고 싶었습니다. 그 마음을 간직한 채 저는 다시 삶을 향해, 아이를 향해 달려 나갑니다.

노력한다는 것

영어는 늘 매년 제 버킷리스트 1번에 자리 잡고 있었습니다. 스무 살에 혼자 다녀온 유럽 여행 이후로 늘 영어를 해야겠다는 마음이 있었습니다. 그러나 책이나 강의만 결제하고는 작심삼일이 되어 금방 포기했습니다. 다시 시작할 엄두가 나지 않았습니다. 그렇게 맛만 본 영어책이 눈에 걸릴 때마다 스트레스를 받았습니다.

쉬는 동안 항상 염두에 있었던 영어를 제대로 파 보자는 생각이 들었습니다. 아이가 생긴다면 좋은 태교가 될 것이고 나중에 엄마표 영어 공부도 시킬 수 있으니 좋겠다 싶었습니다.

처음에는 혼자 영어책을 사서 매일 외웠습니다. 카드를 만들거나 필사를 하고 인터넷 카페를 통해 인증하는 등 혼자 할 수 있는 모든 방법을 동원해 열심히 책 한 권을 외웠습니다. 다 외우면 실력이 확 늘어 있을 것 같았는데 예상과는 다르게 진전이 전혀 없었습니다. 이번에는 작심삼일은 아니었으나 한 번 미루는 습관이 생기자 점점 공부하기 싫어졌습니다.

'해야지, 해야지' 말만 하고 미루기를 반복하던 어느 날 3개월 수강권이 당첨되었다는 전화를 받았습니다. 예전에 영어 교재를 사면서 응모했던 이벤트에 당첨된 것입니다. 로또도 한 번 된 적 없었고 사소한 이벤트도 당첨된 적이 없었던 저였습니다. 그런데 이렇게 많은 사람이 응모하는 이벤트에 당첨되다니 도저히 믿을 수 없었습니다.

매일 소원 쓰기를 한 보람이 있었습니다. 이왕 이렇게 된 거 학원에 다니는 동안 수업에 빠지지 않고 숙제를 다 하는 것을 목표로 잡았습니다. 언어는 단기간에 마스터할 수 있는 것이 아니기 때문에 학원에 다니는 3개월 동안 공부하는 습관을 들이고 실력도 지금보다는 한 단계 더 올라갈 수 있도록 해 보기로 했습니다.

학원에서 동기들과 한 팀을 이뤄서 매주 숙제를 하며 많은 동기 부여를 받았습니다. 서로를 다독이며 열심히 공부하기 시작했습니다. 매일 30개의 문장을 외우고 그 모습을 동영상 촬영해서 업로드하면 피드백을 받았습니다. 원하던 학습법과 잘 맞기도 하여 의욕이 샘솟았습니다. 매일 공부하는 것을 목표로 삼고 여행을 가거나 집들이를 하러 가서도 혼자 다른 방에서 숙제를 했습니다.

5주 차를 시작하기 전에 배운 것을 테스트하는 시험이 있었습니다. 온종일 연습했지만 테스트가 시작되자 머릿속이 백지가 되어 버렸습니다. 외국인을 만났을 때보다 더 떨리고 소리도 제대로 들리지 않았습니다. 매일 한 번도 빠지지 않고 숙제를 하고 어려운 미션까지 다 해냈는데 막상 테스트에서 입이 떨어지지 않았습니다. 너무 잘하고 싶었던 나머지 절대 틀리지 말아야겠다는 생각이 저를 짓눌러 아무 말도 할 수 없게 되어 버렸습니다. 결국 그동안 노력해 왔던 것들을 하나도 발휘하지 못한 스스로가 밉고 속상했습니다.

마치 지금 제 인생 같았습니다. 열심히 노력했는데 결과가 좋지 않아서 속상해하던 모습. 영어 공부하면서도 그런 상황을 만나다니 충격이었습니다. 평소에는 먹지도 않는 술을 한잔하고 집으로 돌아왔습니다. 천천히 되짚어 보니 잘하고 싶다는 욕심만 앞서고 연습은 부족했다는 것을 깨달았습니다. 아무리 긴장한 상황에서도 입에서 흘러나오도록 연습했어야 했는데 연습량이 문제였습니다. 그저 조금만 더하면 그렇게 될 수 있다고 착각하고 있었습니다. 훨씬 더 많은 시간을 투자했어야 했습니다. 정신이 번쩍 들었습니다.

영어 공부는 아기를 기다리는 것과 비슷한 점이 많습니다. 잡으려고 노력하면 도망가는 것 같아도 시간이 지나 돌아보면 처음과 달라진 모습이 보였습니다. 어떻게 해야 할지 조금씩 보였습니다. 영어 테스트도, 아기도 실패했을 때는 충격을 받았지만 점점 저만의 노하우가 생기기 시작했습니다.

세상에 쉽게 얻을 수 있는 건 없는 것 같습니다. 영어와 아기. 어찌 보면 연관이 없을 것 같은 두 가지에서도 다시금 세상을 깨닫습니다. 둘 다 다른 사람들은 쉽게 얻는 것 같아 속상하기도 하지만 이제 다르게 보입니다. 인생에서 쉽게 얻는 것은 없었습니다. 다 그만큼 노력과 인내가 필요합니다. 난임의 시간을 잘 보내기 위해 시작한 영어 공부에서도 뜻밖의 깨달음과 뜻밖의 위로를 얻었습니다. 이렇게 또 한 가지를 배웁니다.

차곡차곡 하루를 쌓다

한의원에 가니 화가 쌓여서 어떤 약도 처방해 줄 수 없을 것 같다는 진단을 받았습니다. 먼저 스트레스를 관리하라고 했습니다. 남편은 병원에 가면 의사들이 으레 하는 말이니 너무 신경 쓰지 말라고 했습니다. 가장 가까이 있는 남편조차 제가 어떤 상황인지 알지 못했습니다. 어느 순간부터 아무 이유 없이 얼굴이나 몸에 두드러기가 나고 열꽃이 피기도 했습니다. 답답한 심정을 누구에게도 말하지 못하는 날이 길어질수록 온몸에서 힘들다고 아우성치는 것 같았습니다.

힘들다고 이야기하면 모든 일이 잘못될 것 같아 두려워 입을 다물었습니다. 좋은 이야기만 하고 싶었습니다. 그래서 말하기 힘든 이야기는 글로 쓰기 시작했습니다.

어렸을 때부터 저는 슬프거나 힘든 일이 있을 때마다 일기를 쓰곤 했습니다. 스무 살 적에 쓴 일기장을 보면 서른 무렵에 쓴 것과 내용이 거의 비슷했습니다. '힘들다', '지친다'처럼 마음속 괴로움을 일기에 신나게 털어놓고 '그래도 열심히 살자'로 마무리했습니다. 10년치 일기를 돌아보고 나니 재미있었습니다. 그때는 별것도 아닌 일로 힘들어했었구나 싶기도 하고 어쩜 이렇게 한결같이 써 놨는지 우습기도 했습니다. 그래도 그렇게 미주알고주알 적어 내려가다 보니 힘든 일은 더 빨리 잊고, 좋은 일은 더 오래 기억할 수 있었던 것 같았습니다. 이번에도 그러기를 기대하며 지치고 힘든 것을 글로 써 보기로 했습니다.

힘든 일이 있으면 그날 하루에 있었던 일과 감정을 기록했습니다. 이전에 힘들었던 일도 적기 시작했습니다. 화가 났던 일, 서운했던 일, 답답했던 일이 마구마구 쏟아져 나왔습니다. 그렇게 글을 쓰니 그때그때의 감정이 튀어나와 펑펑 울기도 하고 웃기도 했습니다. 글을 써 놓고 당일에는 읽지 않았습니다. 글을 쓰는 동안 감정이 폭발해서 그 글을 읽으면 더 힘들 것 같았습니다. 그래서 다음날 읽었습니다. 조금 시간을 두고 글을 읽으니 보이지 않던 것들이 보이기 시작했습니다. 상대방이 정말 나쁜 말을 해서 상처받았는지, 아니면 혼자 잘못 생각해서 스스로 상처를 만든 건지 알 수 있었습니다.

그동안 저는 상대방이 건넨 사소한 말 한마디를 혼자 속으로 곱씹다가 실제보다 크게 만들어 상처를 받고 있었습니다. 상대방은 저를 위로한다고 한 말이었는데 제멋대로 상대방을 나쁜 사람이라 여겼습니다. 물론 정말 나쁜 사람도 있었습니다. 그런 사람에 대해서는 시원하게 욕을 쓰기도 했습니다. 그렇게 쓴 글이 보기도 싫을 때는 찢어버리기도 했습니다. 그러면 체한 것 같던 속이 시원해졌습니다.

영어 공부를 하다 지쳐도 썼고 병원에 다니면서 스트레스받은 것도 썼습니다. 자기 일에만 바쁜 남편이 밉다는 욕도 썼습니다. 시댁이나 친정에서 서운한 일이 생기면 그것도 다 적었습니다. 그렇게 적다 보니 좋았던 기억이나 즐거웠던 기억을 쓰는 날에는 마음 깊숙이 따뜻함이 느껴졌고, 화가 나는 일을 쓸 때는 정말 얼굴이 상기되고 빨개지면서 키보드를 마구 두드리고 있는 저 자신을 발견했습니다. 정말 말도 안 되는 글이었지만 스트레스 해소용으로 이만한 것이 없었습니다. 글쓰기는 제게 딱 맞는 스트레스 해소법이었습니다.

●

제 마음을 가장 잘 아는 사람은 저라고 믿었습니다.

그러나 긴 난임의 시간 동안
제가 진짜 원하는 소망을 향해 나아갈 수 없게 되었습니다.

제 마음속에 화가 가득 차
자신과의 대화를 단절시켰습니다.

글로 적고 나니 먹구름처럼 뒤덮혀 있던

제 진심을 볼 수 있었습니다.

마음속에 있는 것들을 적다 보면 감정이 터지는 순간이 찾아옵니다. 그렇게 그 감정을 온몸으로 느끼고 나면 그 감정이 누그러지기도 하고 더 크게 폭발하기도 합니다. 꼭꼭 눌러 왔던 감정이 폭발하고 나면 시원해집니다.

이 방법을 모르던 지난 몇 년간은 정말 힘들었습니다. 노래방에 가서 노래도 불러보고 친구들과 수다를 떨기도 했지만 그때뿐이었습니다. 마음의 답답함이 해소되지 않았습니다. 모든 것을 그냥 아이가 없기 때문이라고 단정 지었습니다. 지금은 답답함이 완전히 해소된 것은 아니더라도 이전보다는 훨씬 편안함을 느낍니다. 자다가 벌떡벌떡 일어나서 가슴을 치는 일도 생기지 않습니다. 글쓰기를 통해 마음을 들여다보기 시작하면서 이제는 아기를 기다리며 우는 날보다 웃는 날이 더 많아졌습니다. 이렇게 차곡차곡 하루를 쌓아 가다 보면 아기를 만나는 날도 오지 않을까 싶습니다.

다른 사람들의 SNS를 보며 신세 한탄을 한 적 있으신가요? 주변에 있는 사람들뿐만 아니라 생판 모르는 남들까지 왜 그렇게 부러울까요? 저와 비슷한 나이인데 돈도 잘 벌고, 좋은 집에 살며, 아이와 예쁘게 사는 모습이 부러웠습니다. 나는 왜 이런 집에서 살며, 예쁘게 꾸밀 돈도 없고, 아이도 없는지. 상대적 박탈감을 느꼈습니다. SNS를 하는 시간이 길어질수록 자신이 초라하게 느꼈습니다. 저도 예뻐 보이는 것들을 찍어 올리며 사람들의 반응에 잠깐 만족스러워 하던 때도 있었지만 금방 허탈해졌습니다. 내 행복과 다른 사람의 행복을 비교하고 있었습니다. 타인과 나를 비교하는 순간 저는 더없이 하찮은 사람이 된 것 같았습니다. 늘 부족하고 단점만 가득한 사람처럼 느껴졌습니다. 그렇게 SNS를 끊었습니다.

비교하는 마음은 도처에 있습니다. 결혼하지 않은 친구가 결혼한 저를 부러워한 적이 있습니다. 나중에 시간이 지나고 솔직히 너를 부러워했다고 말하는 친구에게 어떤 말을 건네면 좋을지 몰랐습니다. 결혼해서 좋은 점도 있는 만큼 생각지도 않았던 부분도 많다며 제 나름의 생각을 이야기해 줬지만 친구에게는 와닿지 않는 것 같았습니다. 친구에게 저는 이미 결혼한 사람일 뿐이었습니다. 한참 연락이 끊긴 이후에 다시 만난 친구는 이제 결혼한 친구들과 자신을 비교하지 않고 초조해하지도 않으며 기혼 친구들이 누리지 못하는 자유를 충분히 즐기고 있습니다.

더 이상 SNS로 누군가를 지켜보며 저와 비교하지 않기로 했습니다. 어차피 그들이 가진 좋은 차와 집은 지금 제가 가질 수 없으니 제가 지금 소유한 것에 집중하기로 마음먹었습니다. 명상을 통해 서서히 마음의 안정을 찾기 시작했고 다시 SNS를 시작했을 때는 남과 비교하기보다는 제 일상의 순간들을 기록했습니다.

남편에게는 친한 친구들이 아홉 명 정도 있습니다. 모두 미혼이었지만 결혼도 하고 아이도 낳기 시작했습니다. 아내들이 임신하면서 모임의 횟수도 달라졌고, 모여도 아이가 함께 갈 수 있는 장소를 원했습니다. 예전에 부부 동반으로 만나서 놀던 때보다 많은 것이 제한되었습니다.

어느덧 아이가 없는 부부는 이제 우리뿐이었습니다. 우리보다 늦게 결혼한 친구들의 아기를 볼 때면 마음이 참 힘들었습니다. 마냥 예뻐하고 부러워하다가도 어느 순간 부담되었습니다. 아이를 기르는 엄마와 아빠들의 관심사는 오직 아기뿐이었습니다. 우리 부부는 함께 공유할 수 없는 이야기들이었습니다. 그래서 친구들을 멀리하기 시작했습니다. 뒤처지고 있다는 생각이 저를 괴롭혔습니다. 함께 아이를 기다리던 친구가 임신해서 힘들다고 투정하는 모습을 보고 있으니 더욱 불안해지기 시작했습니다.

어느 계절에 낳을지 계산까지 해 가며 쉽게 아기를 가진 친구도 있었습니다. 제가 아이를 원한다는 것을 몰랐던 친구는 제게 아이 키우는 일이 너무 힘들다며 최대한 나중에 가지라는 충고를 했습니다. 독박 육아에, 매일 같이 연년생 두 아이와 씨름하는 친구가 힘들어 보였지만, 그래도 마음 한 구석에서는 부러움이 컸습니다. 언젠간 저도 '아이 때문에 힘들어, 아이는 즐길 거 다 즐기고 늦게 가져'라고 누군가에게 말하게 될까요? 세상이 불공평한 것인지 그 상황이 되면 또 생각이 달라지는 것인지 참 아이러니합니다.

이렇듯 난임 기간 내내 저를 괴롭힌 것은 타인과의 비교였습니다. 친구나 직장 동료부터 가족은 물론 비슷한 또래의 누구를 만나도 저 사람과 나는 어떤 차이가 있는지 비교하고 남들이 가진 장점을 부러워하며 살았습니다. 아이가 있다면 누구라도 부러워했습니다. 나이가 많든 적든 지나가는 길거리에서 아장아장 걷는 아이의 손을 붙

잡고 발 맞추는 엄마들을 보면 부러웠습니다. 날씬하고, 부자이고, 똑똑한 것이 부러운 게 아니었습니다. 그 어떤 것도 아이에 비하면 아무것도 아닙니다. 다이어트는 하면 되는 것이었고, 돈은 벌면 되는 것이며, 부족한 것은 공부하면 되는 일이었습니다. 그러나 아이는 답이 보이지 않았습니다.

어느 순간부터 정신적으로 피폐해지는 저를 보며 비교가 아니라 제가 잘하는 게 무엇인지를 보며 살아야겠다고 느꼈습니다. 제가 아무리 트리플 악셀을 연습해도 김연아 선수가 될 순 없는 것처럼 김연아 선수를 보며 매일 부러워하는 건 무의미한 시간 낭비일 뿐입니다. 그보다는 제 장점을 찾고, 노력할 수 있는 부분을 찾는 것이 훨씬 이로웠습니다. 그것과 함께 마음이 더 이상 지치지 않도록 단련시키는 것이 무엇보다 중요했습니다.

저는 TV나 영화를 보거나 책을 읽으면서 눈물을 잘 흘리는 편입니다. 남의 이야기를 내 이야기처럼 듣다 눈물을 흘리기도 하고 신나게 웃기도 합니다. 그래서 친구들이 고민 상담을 요청할 때도 많습니다. 그런 점을 봤을 때 제 장점은 공감 능력 아닐까 싶었습니다. 공감 능력은 사람만이 가질 수 있는 능력입니다. 전 엄청난 능력을 갖춘 사람이었습니다. 누군가의 이야기를 진심으로 경청하고 함께 마음 아파할 줄 아는 것, 그게 제가 지닌 장점이었습니다. 난임에 지쳐 제가 가장 잘하는 것을 잊어 버리고 있었다는 걸 깨달았습니다.

이제는 마트에 아이를 데려온 엄마들을 더 이상 부러워하지 않기로 했습니다. 누구에게도 없는 장점이 있고 그것을 성장시킨다면 저는 자랑스러운 사람이 될 수 있을 테니까요. 요즘 자존감이 사회적 이슈가 되고 있습니다. 특히 난임 기간에는 자존감이 바닥인 경우가 참 많습니다. 앞으로도 병원에 다니며 난임 치료를 하다 보면 어렵고 힘든 일이 많이 생기겠지만 장점을 살려 잘 극복해 나갈 것입니다.

　아주 작고 사소한 것이라도 장점을 찾아보면 어떨까요? 조금만 마음을 달리 먹는다면 그 누구보다도 작은 사람인 것 같았던 내가 실은 아주 큰 사람이라는 걸 알게 될 겁니다. 아기를 기다리는 시간이 길다는 건 좋은 양육자가 될 수 있는 준비시간을 부여받은 것입니다. 그 시간 동안 아기가 존재만으로도 소중하다는 것과 함께 그만큼 자신도 소중하다는 것을 깨닫기 때문이죠. 나 자신을 알고, 나 자신을 사랑하는 방법을 찾는다면 분명 멋진 엄마로 성장할 것입니다.

다시, 호흡

    마음을 다스리기 위해 명상을 공부해 보기로 했습니다. 명상에 관한 책을 읽고, 명상앱을 통해 명상을 시작했는데, 처음에는 어색하고 그냥 졸음만 쏟아졌습니다. 책에는 이미 알고 있는 내용들이 많았습니다. '비워야 한다', '심플하게 생각하라'처럼 말로는 쉽지만 실천하기는 어려운 것들이 있었습니다. 정말 도움이 될까 반신반의로 시작했지만 나중에는 부단히, 시간이 날 때마다 명상을 했습니다.

    명상은 그 방법이 참 다양했습니다. 가부좌를 틀고 해야 한다는 생각과 달리 걸으면서 하는 명상, 음식을 먹으면서 하는 명상, 잠들기 전에 하는 명상 등 내 생활에 따라 적용할 수 있는 방법이 많았습니다. 처음에는 어떻게 해야 할지 몰라 기초부터 시작했습니다. 앉은 자리에서 허리를 세우고, 눈을 감고, 호흡을 가다듬습니다. 숨을 들이마

시고 내쉬는 기초 호흡에 집중하는 것부터 따라 했습니다.

　　머릿속에서 잡생각이 뭉게뭉게 피어오르고, 비우자고 마음먹으면 졸렸습니다. 되는 대로 따라가다 호흡에 다시 집중하기도 하고 졸기도 했습니다. '이거 정말 좋다'라는 생각이나 진정한 마음의 평화는 찾아오지 않더군요. 그래도 점차 시끄러웠던 마음이 조용해지고 편안해지는 것 같았습니다. 제게 꼭 필요했던 시간이었던 겁니다. 그렇게 매일 습관처럼 명상을 했습니다. 2차 시험관 시술을 계기로 40일 동안 매일 명상을 하고 그 느낌을 기록하기도 했습니다. 쉽지 않겠지만 40일 동안 꾸준히 하다 보면 변화된 모습을 발견할 수 있지 않을까 싶었습니다.

　　처음엔 졸기 바빴던 제가 어느새 이 시간을 어떻게 보내야 할지 스스로 방법을 찾을 수 있게 된 것이 놀랍고 감사했습니다.

　　명상에 관심을 두다 보니 봉은사에서 명상 수업이 열린다는 것을 알게 되었습니다. 도연 스님이 진행하시는데, 한번 제가 잘하고 있는지 궁금해서 남편과 함께 수업에 참석했습니다. 주말 삼성역의 엄청난 인파를 헤치고 봉은사를 향해 걸었습니다. 어려서부터 부모님을 따라 절에 자주 다녔지만 봉은사는 가 보지 않았던 절이었습니다. 주말에 절에 가니 옛날 생각이 나면서 기분이 좋았습니다.

　　조금 일찍 도착하여 주위를 한 바퀴 돌며 봉은사의 풍경을 감상했습니다. 외국인도 많고 그동안 다니던 절과는 다른 색다른 느낌이 들었습니다. 도심 속 절의 모습이 운치 있어 보였습니다. 오랜만에 밟아 보는 언덕의 비포장길이 포근한 오늘을 예고하는 듯했습니다. 교육원 안에 들어가자 둥그렇게 방석이 놓여 있었습니다. 캠프파이어를 하듯이 가까이 둘러앉아 명상할 수 있는 따뜻한 분위기였습니다.

도연 스님은 나를 아는 것이 가장 중요하고 남들이 보는 나보다는 내가 원하는 삶을 살아야 한다고 말씀하셨습니다. 그리고 스님 자신도 자신을 알기 위해 앞으로 어떻게 살아가야 할지 스스로 계속 물으며 수행 중이라고 하셨습니다. 그 부분에 많이 공감했습니다. 아기가 있는 것도 나고 아이가 없는 것도 나라는 생각을 했습니다. 그동안은 아기가 없는 모습은 제가 아니라고 부정하고 있었습니다. 하지만 그 모습은 다른 누구도 아닌 바로 나의 모습이고, 내가 받아들이지 않았기에 스스로가 너무 외로웠던 것이었습니다. 명상하기 잘했다, 여기 오길 잘했다는 생각이 들었습니다.

명상에 참여한 사람들 중에는 부산에서 오신 한 어머님과 따님이 있었습니다. 그 어머님은 예전에 도연 스님의 고명(高名)을 듣고 찾아와 기도를 드리기 시작했는데, 그때의 기도를 통해 얻은 아기가 옆에 있는 딸이라고 했습니다. 저렇게 연세가 지긋하신 어머님에게도 아기를 기다렸던 그 시간이 아직 마음에 깊이 남아 있다는 것을 느낄 수 있었습니다.

그 시대에는 지금 우리가 겪는 것보다 마음고생이 더 심각하지 않았을까요.

아마 처음에는 아들을 원하셨던 것 같습니다. 어머님은 아들딸 상관없이 하늘이 주시는 대로 받겠다고 기도했고, 기도한 지 8년째 되던 해에 딸을 낳았다고 합니다. 그 이야기를 들으면서 기도와 명상이 아기를 가지려는 사람들에게도 힘이 되겠구나 와닿았습니다. 제 마음을 알고 싶고 또 흔들리는 마음을 잡고 싶기도 해서 명상을 시작했는데, 정말 잘했다 싶었습니다.

이야기를 하던 중 스님께서 우리 부부에게 아이가 있는지, 결혼한 지 얼마나 되었는지 물었습니다. 5년 되었다고 대답하자 스님은 마치 우리의 눈빛을 읽기라도 하신 것처럼 아기가 잘 생기지 않느냐며 고민이 많겠다고 위로하셨습니다.

진료받을 때를 제외하고 낯선 이에게 우리 부부는 이런 고민이 있다고 말해 본 적이 없었습니다. 제가 이런 이야기를 누군가에게 할 때면 입을 떼기도 전에 눈물이 터져 나와서 말할 수 없었고 말할 생각조차 하지 않았습니다. 그래서 이 문답 내내 담담한 저 자신이 놀라웠습니다.

스님은 다시 말씀하셨습니다. 지금까지 함께 잘 살았으니 앞으로도 잘 살 수 있을 거라고. 사실 누구나 쉽게 할 수 있는 말이고 저 역시 우리가 그렇게 살았다고 생각했지만 막상 누군가의 입으로, 따뜻한 말 한마디를 듣고 나니 수많은 감정이 샘솟았습니다. 그동안 우리 부부가 함께한 시간이 주마등처럼 흘러갔습니다.

어렵고 힘든 시간 속에서도 우리는 잘 견디며 살았습니다. 분명 서로 상처를 주고 아파한 부분이 있었지만 아기를 기다리는 이 고난의 시간에도 서로를 가장 아꼈습니다. 그 시간을 인정받는 것 같아 가슴이 벅찼습니다. 더 이상 미래의 행복을 위해서 지금을 희생하지 말아야겠다고 마음먹었습니다.

사실 남편이 명상 수업에 같이 참여하고 좋아할 거라고 생각하지 않았습니다. 지루해할 것 같아 걱정했는데 함께하는 내내 집중해서 스님 말씀을 듣는 모습을 보며 내심 놀랐습니다. 짧지 않은 시간을 함께 살았지만 제가 아직 모르는 모습이 있다는 것을 깨달았습니다.

그동안은 '아이가 생기면' 이렇게 하자, '아이가 생기면' 그렇게 하는 게 어떻냐며 지금보다는 나중을 염두에 두고 살아왔습니다. 앞으로는 그렇게 하지 않기로 결심했습니다. 진짜 행복은 지금 이 순간에 있다는 것을 기억하기로 했습니다. 아기가 있어도 없어도 우리는 부부입니다. 처음 만나 사랑에 빠졌던 그날부터 지금까지 변함없는 운명입니다. 스님의 책 제목 그대로, 있는 그대로 나답게 살기로 했습니다.

지 금 만 할 수 있 는 일 들

　　남편은 물놀이를 참 좋아합니다. 무더웠던 작년 여름, 남편이 물
놀이를 가자고 몇 번을 이야기했지만 언제 병원에 갈지 모른다며 계
속 미뤄 왔습니다. 그러다 시험관 시술 실패 후 수영장에 가기로 했습
니다. 그동안에는 수영장이나 대중목욕탕은 감염의 우려가 있으니 시
술 직후에는 피하라는 의사의 당부가 있었기 때문에 준비 기간에도
피했습니다. 하지만 이번에는 쉬는 한 달 동안 미뤄 왔던 것을 다 하
기로 했습니다.

　　워터파크를 가기로 한 날에 남편은 평일 휴가를 냈고 우린 아침
일찍 집을 나섰습니다. 가는 길에 휴게소에 들러 아침 식사를 하고 오
전 9시가 되기 전에 홍천에 있는 워터파크에 도착했습니다. 늦여름도
지나가고 초가을이 시작되어서인지 사람이 별로 없었습니다. 옷을 갈

아 입고 놀이기구가 있는 야외 수영장으로 나가서 따뜻한 물에서 몸을 담갔습니다.

생각해 보니 결혼 초기에 우리 부부는 여행을 참 많이 다녔습니다. 남편은 운전을 좋아하고 집에 있는 것보다는 돌아다니기를 좋아합니다. 저도 활동적인 것을 좋아해서 남편과 그런 점이 잘 맞았습니다. 둘 다 시간 여유가 없을 때는 잠깐 드라이브라도 다녀오곤 했습니다. 하지만 한동안 병원을 가야 한다는 이유로 드라이브조차 마음이 허락지 않아 집에만 있었습니다. 설사 집에서 나오더라도 동네에서 외식을 하거나 결혼식에 가는 정도였고 여행은 잘 가지 않았습니다. 무언가를 한다는 자체가 피곤했습니다. 그래도 워터파크를 간 그날에는 모든 것을 잊고 신나게 놀았습니다.

남편이 좋아하는 놀이기구도 원 없이 탈 수 있었습니다. 신난 그이를 보니 미안한 마음이 들었습니다. 그동안 나만 힘들다고 투정 부리며 여행은커녕 아무것도 하기 싫다고 징징거렸습니다. 그래도 남편은 다 받아 주었고 보채지 않았습니다. 함께 신나게 놀 수 있는 오늘에 감사했습니다. 지금만 할 수 있는 것들을 즐기기로 마음먹으니 그 순간이 참 소중히고 그만큼 더 신났습니다.

아침 9시에 호기롭게 입장했던 우리 부부는 오후 3시에 워터파크에서 나왔습니다. 추위에 떨며 더 이상은 못 놀겠다고 쓰러질 때까지 놀았습니다. 돌아오는 길에 맛있는 고기도 사 먹고 풍요로운 하루를 보냈습니다.

두 번째 시험관 시술을 장기 요법으로 하면서 많이 우울했습니다. 변수도 많고 병원에 가는 일도 잦았습니다. 예정해 두었던 가족 식사를 미루거나 예약한 강의나 세미나도 취소해야 했습니다. 늘 출석과 약속을 중요시하던 저는 계획했던 일들을 취소하면서 매우 속상해했습니다. 그 지쳐 가는 마음을 알았는지 어느 날 남편이 계획 없이 당장 여행을 가자고 했습니다. 하늘이 높고 구름이 뭉실뭉실 떠다니는 가을날에 시험관 시술을 앞두고 우리는 여행을 떠났습니다.

하늘에서는 비가 주룩주룩 내렸습니다. 아침 일찍 병원에 들러 난자 크기를 확인하고 약을 받아서 강화도로 떠났습니다. 가을의 대명사 새우를 먹으러 도착하니 점심시간이 막 지나 있었습니다. 팔딱거리는 새우를 기절시킨 다음 하얀 소금이 깔린 뜨거운 그릇에 넣고 익기를 기다렸습니다. 산 생명이 죽기를 기다리는 우리의 모습이 참 잔인하단 생각이 들은 것도 잠시, 빨갛게 익어 허리를 잔뜩 구부린 새우를 보니 군침이 돌았습니다. 게 눈 감추듯 새우를 먹고 마무리는 새우 라면을 끓이기로 했습니다. 보글보글 끓는 육수에 라면을 넣고 끓였습니다. 뜨거운 라면을 먹다 보니 추웠던 몸과 마음이 사르르 녹았습니다.

항상 똑같은 일상에서 벗어나 새로운 장소에서 맛있는 음식을 먹으며 우리 부부는 오랜만에 아무것도 걱정하지 않고 실컷 웃었습니다. 기다림도, 아픔도 생각나지 않았습니다. 그렇게 든든한 식사를 하고 저녁 장을 봐서 숙소로 갔습니다. 마구잡이로 새우를 입에 집어 넣었더니 체기가 있어서 소화도 시킬 겸 노래방으로 갔습니다. 마지막으로 같이 노래방에 간 게 언제였는지 기억도 나지 않는다며 노래 책을 뒤적이던 남편과 저는 어느새 신나게 노래를 부르기 시작했습니다. 서로의 노래를 듣기보다는 자기 노래에 취해 예약했던 1시간이 금방 지나가 버렸습니다.

이 즉흥 여행이 마음속에 있던 찌꺼기를 깨끗하게 날려 주었습니다. 큰돈이 드는 것도 아니었고 소박하지만 확실한 행복이었습니다. 전에는 행복을 찾는 일이 이렇게 어렵진 않았습니다. 하지만 지금은 그게 정말 어렵습니다. 똑같은 일상에 병원을 오갈 때마다 지치지 않을 수 없었습니다. 평소와는 다른 하루를 보내니 다시 일상을 살아갈 수 있는 에너지를 충전했습니다.

다음 날 아침, 늦잠을 자고 일어난 우리는 가까운 카페를 찾아가 브런치를 먹기로 했습니다. 남편은 한식을 좋아해 빵과 브런치를 별로 즐기지 않는데도 특별히 제게 양보했고, 비바람을 뚫고 카페를 찾아 나섰습니다. 11시가 넘어 도착한 카페에 손님은 우리뿐이었습니다.

과일이 듬뿍 올라간 달달하고 맛있어 보이는 팬케이크와 따뜻한 커피를 주문했습니다. 비록 날씨는 비바람이 쳤지만 함께하는 시간은 즐거웠습니다. 낚시를 좋아하는 남편은 아쉬워했지만요. 낚시를 한번 해 보려고 했는데 비가 와서 시무룩한 표정이었습니다. 맛있게 먹고 수다를 떨다 보니 어느새 비가 멈추고 저 멀리 파란 하늘이 보이

175

기 시작했습니다. 남편의 얼굴도 비 개인 하늘처럼 밝아졌습니다. 남편은 한적한 물가에 차를 주차하고 낚시도구를 챙겨 자리를 잡았습니다. 저는 차에 남아 책을 읽고 노래를 들었습니다. 좋아하는 책을 읽고 노래를 들으며 나만의 시간을 즐겼습니다.

남편이 저를 위해 좋아하지 않는 케이크를 같이 먹는 것처럼 저도 남편이 낚시하는 동안 차 안에서 좋아하는 책을 읽으며 제 시간을 보냅니다. 누군가에게는 작은 행동으로 보일지라도 서로의 행복을 응원하고 함께하는 우리만의 배려 방식입니다. 이렇게 지쳤던 마음을 행복으로 바꾼 것처럼, 늘 좋은 일만 있을 수는 없겠지만 좋지 않은 일도 좋은 일로 바꿔 가면서 우리는 함께 걸어가겠지요.

저는 다짐했습니다. 더 이상 투정 부리지 않기로요. 나 그리고 우리의 시간을 충분히 갖기로 했습니다. 그 시간이 무척 소중하다는 사실을 깨달았습니다. 어쩌면 아기를 기다리고 있다는 점에서 6년 전과 다른 것은 없습니다. 그러나 그 시간을 대하는 우리 부부의 마음은 많이 달라졌습니다. 올해가 아니면 안 된다고 보채지 않고 신이 허락하시는 그날이 될 때까지 기다리자고 서로를 위로하고 다독였습니다. 마음이 흔들리는 날도 많지만 우리가 할 수 있는 일에는 최선을 다하기로 다짐 또 다짐했습니다.

병원에 다니며 시험관 시술을 하는 동안, 그리고 실패를 경험하는 순간이 오면 또다시 흔들릴 것을 우리는 잘 알고 있습니다. 몇 번이나 경험했지만 적응이 쉽지 않았으니까요. 그러나 우리가 할 수 있는 일은 그저 받아들이는 일뿐이었습니다. 어쩌면 우리에게 주어져야만 했던 운명이었는지도 모르겠습니다. 이 시간 동안 우리 부부가 단단해진 것도 사실입니다. 어떤 시련이 와도 버틸 자신이 생겼습니다. 이것보다 더한 시련이 온다 해도 우리는 끝끝내 잘 지낼 겁니다.

돌아오는 차 안에서 남편에게 물었습니다.

"우리가 아이가 있어도 이런 시간을 보낼 수 있을까? 아이가 생기면 자유가 없다는데."

남편은 아이가 걸어 다닐 수 있는 나이가 되면 언제든지 지금처럼 여행할 수 있을 거라고 이야기했습니다. 아이가 있으면 많은 것이 변하긴 하겠지만 지금처럼 서로를 위해 가끔은 갑작스럽게 여행을 떠나면 좋겠습니다. 서로의 생각이 같으니 앞으로 이런 시간을 더 많이 가질 수 있도록 노력하기로 약속했습니다.

다시 집으로 돌아가면 일상의 시작입니다. 노랗게 익은 벼가 끝없이 펼쳐지는 황금 들녘을 한동안 보지 못하겠지만 기억에 오래 남을 것입니다. 나중에 추억의 장소에 아이와 함께 오는 모습을 상상했습니다. 지금만큼이나 좋은 여행이 될 것 같습니다.

시 간 의 힘

    독서와 글쓰기, 영어 공부. 이들의 공통점은 잘하기 위해 시간이 필요하다는 것입니다. 특히 언어인 영어는 다른 공부보다 더 긴 시간이 필요했습니다. 제 생각에는 난임 시술도 마찬가지 같습니다.

    처음 시술을 시도했을 때는 시술 방법이나 약물 반응 등을 전혀 알 수 없었습니다. 그러나 시간을 들여 하나씩 경험하니 부작용이 있는지 없는지부터 어떤 약을 사용했을 때 난자가 빨리 자라는지 등을 알 수 있었습니다. 당연히 한 번에 되면 가장 좋았겠지만 제 상황은 달랐습니다. 그렇게 두 번의 인공수정 끝에 시험관 시술을 선택했습니다. 새로운 도전이 시작되었습니다.

    시험관 시술은 횟수가 늘어날수록 포기하는 사람들이 늘어나지만 성공 확률은 올라간다는 논문을 본 적이 있습니다. 이 논문 하나가

정설이라고 할 수는 없습니다. 그래도 시험관 시술을 앞둔 저로서는 믿고 싶은 이야기이자 엄청난 희망으로 다가왔습니다. 영어 공부처럼 시간을 두고 천천히 지금에 집중하다 보면 좋은 결과가 올 테니까요.

저 먼 미래만 내다보며 지쳤던 날이 많았습니다. 매일 아이가 있는 일상을 상상했고, 아이가 자라면 무엇을 해 줄지 여러 가지를 계획했습니다. 그 기대와 희망 때문에 힘이 빠질 때도 많았습니다. 이제는 지금 하는 시험관 시술과 지금 공부하는 영어책 한 페이지에 집중하기로 했습니다. 마음이 한결 편해졌습니다. 먼 미래보다는 괜찮은 내일을 기대하게 되었습니다. 그렇게 쌓아 가는 시간의 힘을 믿어 보기로 했습니다.

시간이 지닌 힘은 무시할 수 없습니다. 난임을 치료하기 위해 인공수정과 시험관 시술을 진행할수록 경험이 쌓이면서 스스로에 대해서 더 잘 알게 될 것입니다. 물론 시작은 두려웠지만 지금은 전혀 두렵지 않습니다. 시술 방법도 알고 쉬는 시간을 보내는 방법도 아니까요. 이번에는 잘될까 걱정하고 초조해하기보다는 궁금한 것은 병원에 문의하여 해소하고 마음을 진정시키는 데 집중합니다.

난임을 겪고 있는 많은 부부는 인터넷에서 정보를 검색하며 희망을 찾습니다. 저도 마음의 위로가 필요하거나 궁금한 것이 있으면 인터넷 카페에 들어가 어떤 사람이 어떤 과정을 겪고 있는지 찾아봤습니다. '이런 사람도 있구나', '이런 경우도 있구나' 공감하고 정보를 얻는 것도 좋지만 그대로 맹신하면 안 됩니다. 난임의 양상은 부부마다 다릅니다. 나이뿐만이 아니라 난자와 정자의 상태 등 많은 변수가 있습니다. 제대로 상황을 알고 그에 맞는 처방을 할 때 올바른 난임 치료가 이루어집니다.

저는 난임을 인정하고 치료를 선택하기까지 두려워하고 힘들어했습니다. 지금 이 순간에도 난임을 겪고 있는 많은 부부가 선택을 내리기 전에 고민하고 또 고민하는 시간을 보내고 있을 거라고 생각합니다. 좋은 일이 있으면 나쁜 일이 있고 앞이 있으면 뒤가 있듯 우리에게 난임은 너무 힘든 시간이기도 하지만 어떤 엄마가 될지, 어떤 아빠가 될지 방향을 정하는 데 좋은 시간이기도 합니다.

6년 동안 남편과 저는 둘도 없는 동지가 되었습니다. 남편은 별것 아닌 말에 상처받는 저를 보며 힘든 내색도 하지 않고 늘 위로하고 응원했습니다. 때로는 저만 힘들고 그이는 아무렇지 않은 것 같아 심술을 부리기도 했습니다. 하지만 하루하루 더 알아 갑니다. 남편은 아이가 있든 없든 평생을 함께할 사람이고 우리 부부가 즐겁게 사는 것이 가장 중요하다는 사실을요.

우리는 어려운 시간을 보내고 있는 만큼 서로를 아끼고 배려하고 있습니다. 환상의 콤비입니다. 아이가 태어나도 서로가 서로의 첫 번째라고 이야기했습니다. 많이 흔들리는 와중에도 헤어지지 않고 같이 노력하자고 이야기하는 우리 서로에게 감사했습니다. 이 시간을 통해 남편에 대한 신뢰가 두터워졌고 함께 버틸 수 있는 힘을 얻었습니다.

그리고 저 자신을 돌아볼 수 있는 시간도 얻었습니다. 일을 그만두었지만 덕분에 집에서 쉴 수 있는 시간이 생겼습니다. 한동안 미뤄 두었던 영어 공부도 할 수 있었고 명상과 독서 모임, 책 읽기 등을 통해 많은 것을 배우고 있습니다. 좋은 아내와 부모가 되어 가는 이 시간이 다가올 우리 아이에게 줄 선물이 될 수 있도록 더 힘을 냅니다.

시간의 힘을 통해 많은 것에 감사하게 되었고 현재에 충실한 삶을 살게 되었습니다. 다른 사람의 아픔에 대해 공감할 기회가 생겼습니다. 어렵게 아이를 낳은 이들의 이야기를 들을 때면 이전과 달리 그 누구보다 깊은 마음으로 공감할 수 있습니다.

난임 기간을 돌이켜 보면 물리적인 시간보다 마음의 시간이 훨씬 중요했습니다. 가슴앓이가 시작되면 실제적인 시간보다 마음속 시간이 더디게 흘러가 괴롭습니다. 많은 난임 부부가 부질없이 떠나가는 시간에 가슴 아파할 테지요. 그래도 시간의 힘을 믿고 다시 또 한 발을 내딛어 봅시다. 진심이 하늘에 닿을 수 있을 때까지 그리고 아이에게 닿을 수 있을 때까지요.

PART 5

언젠가
새로운 생명이 온다면

환희와 기쁨으로 안아 줄게

지난가을, 남편과 아침을 먹고 산책을 하러 나갔습니다. 머리를 질끈 묶고 세수도 안 하고 선크림만 바른 채 한강으로 향했습니다. 가을이 절정이라 아침저녁으로 쌀쌀한 바람이 불어오기 시작했습니다. 길가에는 코스모스가 바람에 살랑살랑 움직이고 호랑나비와 노랑나비, 이름을 모르는 나비들까지 코스모스 주변을 아름답게 수놓았습니다.

무리하지 않는 선에서 운동을 하는 방법을 찾다가 시작한 산책은 날씨가 좋으면 좋은 대로, 안 좋으면 안 좋은 대로 그날을 온전히 느낄 수 있었습니다. 걷고 걸어 메밀꽃이 핀 장소까지 갔습니다. 하얀 꽃이 흐드러지게 피어 있는 모습이 참 예뻤습니다. 주변이 온통 큰 나무들로 둘러싸여 상쾌한 향기가 났습니다. 삼삼오오 나들이 옷을 입고 산책 나오신 분들과 유모차를 끌고 가는 엄마들도 보였습니다. 그때부터 제 눈에는 유모차를 끄는 엄마들만 들어왔습니다. 그들이 참 부러웠습니다.

예전에는 그 부러움이 온종일, 때로는 일주일 이상 가기도 했습니다. 부러움은 자책으로 이어져 스스로의 마음에 상처를 입혔습니다. 이제는 부러운 감정이 들어도 그 순간에 끝내 버립니다. 대신 아이가 생겼을 때의 제 모습을 상상합니다. 유모차를 끌고 아이와 함께 한강을 산책하는 모습을 그려 보니 기분 좋은 에너지가 온몸에 퍼집니다.

몇 년 전 사촌 언니가 아이를 낳았습니다. 조산아로 태어난 아이는 1킬로그램이 채 되지 않았습니다. 하루하루 오늘만을 버텨 주길 기도했습니다. 기쁘게도 조카는 자기와의 힘겨운 싸움을 잘 이겨 냈습니다. 이후에는 집 안에 호흡기를 두고 언제 올 지 모르는 상황에 대비해야 했지만 그래도 아이가 살아 있다는 것에 너무도 감사했습니다. 다행히 위급 상황은 오지 않았고, 아이는 무럭무럭 자랐습니다.

그런데 조카가 말을 시작할 나이가 되자 또 다른 걱정이 찾아왔습니다. 또래들은 말을 하는데, 조카는 걱정이 될 만큼 더뎠습니다. 병원에서는 더 늦기 전에 검사와 치료를 시작해야 한다고 했습니다. 그러나 사촌 언니는 아이를 믿고 조금 더 기다려 보기로 결정했습니다. 쉬운 결정은 아니었습니다. 얼마나 고민했을지 마음으로 느껴졌습니다. 다행히 조카는 이제 말도 잘하고, 예쁘고 건강하게 크고 있습니다.

제게 그 상황이 온다면 감당할 수 있었을까요? 옆에서 언니 부부가 마음고생하는 모습을 고스란히 지켜보며 저는 겁이 났습니다. 빨리 아기를 갖고 빨리 낳았으면 하는 것이 어쩌면 욕심일 수도 있겠다는 생각이 들었습니다. 산모도 아이도 건강한 것이 얼마나 복 받은 일인지 다시 한 번 절감했습니다. 가능하다면 제게도 감사한 일이 일어나길 간절히 바라지만, 그저 주어진 모든 것에 감사하는 엄마가 될 수 있기를 꿈꾸고 있습니다.

병원에 갈 때면 여러 난임 부부의 모습을 봅니다. 다투거나 눈물을 흘리는 부부도 많이 봤습니다. 그 모습을 보며 저도 함께 마음으로 울었습니다. 이렇게 어렵게 얻은 아이가 이 세상에 태어난다면 어떤 기분일까요? 얼마나 사랑스러울까요?

모두 이 마음으로, 더 이상 울지 않고 아이를 기다리면 좋겠습니다. 환희와 기쁨으로 아이를 안아 주는 상상을 하면 좋겠습니다. 부모가 되는 일이 기대됩니다. 아무런 기대나 기다림 없이 아이가 찾아왔다면 우리에게 아이가 온다는 것, 그 시간을 기다린다는 것이 얼마나 소중한지 잘 몰랐을 겁니다.

한 사람이 세상에 오는 일은 우리가 어찌할 수 없는 신의 영역이니 자신을 괴롭히지 말고 그저 우리가 할 수 있는 최선의 노력을 다하며 기다립시다. 그리고 마침내 아이가 오는 그날에, 이 모든 환희와 기쁨으로 아이를 끌어안아 줍시다.

언 제 나 그 자 리 에 서

얼마 전까지만 해도 서점에 가면 육아 코너와 관련 서적은 쳐다보고 싶지도 않았습니다. 난임을 겪는 사람은 많은데 그를 위한 도서는 찾아보기 힘들다는 게 속상했습니다. 엄마들이 열심히 쓴 아이와 엄마를 위한 교육법, 놀이법 같은 책은 이렇게나 많은데 왜 엄마가 되기 위해 노력하는 사람들을 위한 책은 없는지 궁금했습니다. 그런 책을 찾는 제가 비주류가 된 기분이었습니다.

나이를 이야기하면 결혼은 했는지, 아이는 있는지 연달아 따라오는 질문들이 싫었던 적이 많았습니다. 그래서 육아 서적 주변에만 있어도 누가 저를 아이 엄마로 볼까 봐 꺼려졌습니다. 여러 힘든 시간을 보내고 지혜로운 엄마가 되기로 결심한 후부터는 아이가 태어나면 일어날 일들을 미리 공부하는 것도 좋겠다는 생각이 들었습니다. 그동안 쳐다보기도 싫었던 육아 코너에 가서 육아 책들을 살펴보니 머릿속으로 생각만 했던 육아법에 힌트가 될 만한 정보가 많이 있었습니다. 가정교육에 대한 기본부터 식사 예절과 독서법, 영어 교육법까지 다양하게 설명되어 있었습니다. 아이가 없어도 우리 부부가 함께할 수 있는 것들을 미리 공부해 두면 아이가 태어난 뒤에 차근차근 적용할 수 있겠다는 생각이 들었습니다.

그중 하나가 일주일에 한 번 가족이 함께 식사하는 시간을 만드는 것이었습니다. 그때는 핸드폰이나 TV를 옆에 두지 않고 서로의 이야기에 집중하는 습관을 만드는 것이었습니다. 이전에 맞벌이할 때는 남편의 교대 근무 스케줄에 따라 일주일에 하루 보는 것도 힘들 때가 많았습니다. 지금은 제가 일을 그만두면서 남편과 함께 식사하는 시간이 전보다는 많이 늘었습니다. 앞으로 다시 일하게 된다고 하더라고 이런 시간을 만들어서 의식적으로 지키기로 약속했습니다. 일주일 중 하루를 가족과 함께 보내는 것만으로도 그동안 지쳐 있던 심신을 재충전할 수 있었습니다.

주변만 둘러봐도 가족이 함께 식사하는 시간이 줄어들었습니다. 그만큼 함께 밥을 먹는다는 건 시간을 공유한다는 의미가 커졌죠. 얼마 전에 매일 같은 시간에 가족 모두가 식사하는 모습을 담는 TV 프로그램을 봤습니다. 처음에는 의미가 있을까 싶었지만 그 프로그램에 출연하는 가족들이 점차 함께 식사하는 시간을 소중히 여기고, 서로를 이해하는 방법을 알아 갔습니다. 사실 가족끼리 서로를 가장 소중하다고 이야기하면서도 진심으로 이해하는 시간이 없었고, 서로에 대해 오해하고 있었던 경우도 많았습니다. 가족에게도 서로 함께할 시간이 필요하다는 것과 그를 통해서 내 안에 든든한 울타리가 만들어진다는 것을 눈으로 직접 볼 수 있었습니다. 가족과 함께 가까운 곳을 산책하거나 여행을 하는 것도 좋은 방법이겠다 싶었습니다.

영어 스터디 중에 마지막 데이트는 언제였는지를 묻는 질문지가 있었습니다. 저는 오늘 아침이라고 대답했습니다. 저와 남편은 자주 산책을 합니다. 점심을 먹고 집 앞 공원을 한 바퀴 돌기도 하고, 시장을 보러 나가기도 합니다. 그게 우리의 데이트입니다.

누군가 아기가 생기면 데이트는커녕 집 밖으로 나가는 것도 힘들어지니 지금을 즐기라고 말했습니다. 남편에게 이 이야기를 하니 그이는 아이를 데리고 데이트하면 되지, 그게 뭐가 어려운 일이냐고 했습니다. 저도 같은 생각입니다. 남편과 저는 참 소중한 시간을 보내고 있고 나중에 아이가 온다면 그 시간에 방해가 되는 게 아니라 함께해서 행복한 존재가 될 것입니다.

가족과 함께하기로 마음먹자 제가 풀어야 할 과제가 떠올랐습니다. 바로 시댁과의 관계였습니다. 저는 다른 사람과 이야기 나누길 좋아합니다. 그런데 시댁이라서일까요? 시부모님께는 제 솔직한 마음을 잘 이야기하질 못했습니다. 난임의 기간이 길어질수록, 그분들이 아이를 원하는 마음을 내비치실수록 그러면 안 되는 걸 알면서도 아이를 낳기 전까지는 시댁에 가고 싶지 않았습니다. 한마디, 한마디에 상처를 받았습니다. 아이를 낳고 며느리로서 부끄럽지 않은 모습으로 만나고 싶었습니다.

그렇게 연락도 없이 시댁에 가지 않으니 시어머님이 먼저 연락을 하셨습니다. 제 옷을 한 벌 사 놓았으니 가져가라고 하셨습니다. 평소 자기 옷 한 벌도 아깝다고 하시는 분이 제 옷을 사 놓으셨다니 눈물이 날 것 같았습니다.

항상 시부모님의 기대에 부응하지 못하는 자신이 너무 미웠고 속상했습니다. 이번에는 성공할 거라 생각했는데 잘 되지 않았다고 말할 수가 없었습니다. 말하지 않아도 시부모님이 얼마나 상심하실지 눈에 보였습니다. 그래서 도리어 멀리하고, 혼자가 되었습니다. 바보 같은 생각이었습니다. 아이가 있든 없든 상관없이 저는 그분들 며느리입니다. 왜 바보처럼 그런 고민을 했는지 이제 와 돌이켜 보면 답답합니다. 솔직하게 시부모님과 대화를 해 보니 그게 아니었습니다. 누구보다 우리를 걱정하며 우리가 힘들지 않기를 바라고 계셨습니다.

저는 이제 더 이상 시댁을 피하지 않습니다. 언젠가 우리 아이가 태어난다면 아이는 아낌없이 사랑을 주는 할아버지와 할머니를 얻을 것입니다. 그리고 서로를 가장 사랑하는 부모 밑에서, 언제나 그 자리에 있는 가족의 울타리 안에서 자랄 것입니다.

좀처럼 마음이 풀리지 않는 날이 자주 반복되자 자신감 회복이 필요하다고 생각했습니다. 그래서 다이어트를 시작했습니다. 회사에 다니는 동안 식사로 스트레스를 풀다 보니 체질량 지수가 경고 수준 이었습니다.

극단적인 다이어트보다는 현미밥과 직접 만든 반찬을 먹으며 건강한 몸을 만들기로 하고 식단을 짰습니다. 운동은 따로 시간을 내기 어려워서 출근할 때와 점심시간을 이용해 산책을 했습니다. 그리고 너무나도 좋아하는 빵과 케이크 등 밀가루 제품들을 끊었습니다.

난임 기간 동안의 다이어트에 대해 상반된 의견이 있습니다. 사람에 따라 다르겠지만 제가 만났던 한의사 한 분은 뱃살을 어느 정도 줄이는 것이 좋겠다고 이야기했고, 또 다른 분은 뱃살이 어느 정도 있어야 아기도 생긴다며 다이어트를 할 필요가 없다고 했습니다. 어떤 말을 들어야 할지 혼란스러웠습니다. 일단 건강한 몸을 위해서 살을 빼자고 결정했습니다.

그렇게 6개월이 지났을 때 드디어 효과가 나타나기 시작했습니다. 꼭 끼던 옷이 맞기 시작했고 원하던 사이즈에 도달했습니다. 늘 불편하고 더부룩하던 속도 편안해졌습니다. 사실 제게는 다이어트 또한 아이를 만나기 위한 준비였습니다. 다이어트가 무척 어렵다는 분들이 많지만 저는 아이를 만나기 위해서는 해야 할 일이라고 생각하니 그만큼 힘들진 않았습니다. 살이 빠져서 아이가 생긴다면 이쯤은 아무것도 아니었습니다.

그렇게 다이어트에 성공했지만 아기가 생기진 않았습니다. 그리고 시험관 시술을 시작하면서부터는 움직임을 최소화해야겠다는 생각에 덜 움직이고 먹고 싶은 대로 먹었더니 몸무게가 금방 원래대로 돌아왔습니다. 한의사 분들의 조언 중 무엇이 정답인지는 모르겠습니다. 다만 아기를 만나기 위해 계속 도전하고 시도하는 저 자신이 대견스러웠습니다. 정신적인 부분만큼이나 육체적인 부분에서도 건강한 수준을 유지하며 아이가 오는 그날까지 계속 노력하려고 합니다.

이렇게 제 삶을 돌아보기 시작하니 건강만큼이나 경제적인 부분도 끌어올리고 싶었습니다. 지금 먹고 쓰는 데 충분한 돈이 있었으면 좋겠고 아기가 원하는 것을 해 줄 수 있는 부모가 되고 싶었습니다.

많은 경제 전문가가 아이를 갖기 전에 돈을 절약하는 습관을 들여야 아이가 태어난 후에 지출이 늘어나도 감당할 수 있는 힘이 생긴다고 말합니다.

우리 부부는 아이 없는 신혼 생활을 6년째하고 있습니다. 그러나 돈은 기대처럼 모이지 않았고 씀씀이가 줄어들지도 않았습니다. 그래서 경제에 관련된 책을 읽고 내용을 하나씩 실천해 보기로 결심했습니다. 일단 가장 먼저 어디에서 지출이 생기는지 알아야 했습니다. 수입과 지출을 정확하게 기재하는 것부터 시작했습니다.

가계부를 살펴보니 식비로 큰 비용이 빠져나가고 있었습니다. 집에서 자주 해 먹는다고 생각했는데 버리는 식자재도 많고 외식하는 날도 자주 있었습니다. 그렇게 외식비와 식자재비가 겹치면서 지출이 커졌습니다. 그리고 병원 관련 소비도 컸습니다. 어쩔 수 없는 부분이라 이를 제외한 다른 부분에서 더 절약이 필요했습니다. 매일 어떤 것들을 소비하고 있는지 파악하는 습관을 들인 뒤부터는 이전보다 돈을 사용하는 데 고민이 많아졌고 절약을 실천할 수 있었습니다.

돈의 흐름에 대한 공부도 시작했습니다. 돈에 대한 공부도 그 바탕은 나에 대한 공부에 있었습니다. 내가 주로 어디에, 어떤 이유로 돈을 쓰고 있는지 되짚어 보았습니다. 제 경우에는 감정 소비가 곧 낭비로 이어졌습니다. 오늘 기분이 좋지 않으니 커피 한 잔을 나에게 선물할 필요가 있다고 생각하는 것, 필요하지 않은 물건들을 구매하는 것으로 감정을 풀려고 했습니다. 앞으로는 그런 생각이 들 때마다 책을 구매하는 방향으로 전환했습니다. 책을 사니 따로 자기계발비를 들이지 않아도 되고 독서 시간이 늘어났습니다. 아침마다 경제 신문을 읽으며 공부를 하고 재테크 강의를 듣기도 합니다.

　이런 작은 행동들이 지금 당장 큰 변화를 일으키진 않습니다. 그러나 작은 실천이 쌓이면 10년 후에는 경제적 능력을 갖춘 엄마가 되지 않을까요? 지금 엄청난 부자도 아니고 10년 뒤에도 이름을 알릴 만한 부자가 되어 있으리라고 생각하지는 않습니다. 그러나 열심히 일해서 번 돈을 절약하고, 절약한 돈으로 돈을 불리는 공부를 해서 지금보다는 더 나은 생활을 하고 싶습니다. 계속 공부하다 보면 분명 좋은 경제 습관을 지닐 것이고, 나중에 아이에게도 제가 공부한 것들을 가르쳐 주고 싶습니다. 이렇게 목표를 세우고 오늘도 열심히 나아갑니다.

끝 까 지 포 기 하 지 않 는 마 음

　며칠 전 병원 대기실에서 머리가 희고 나이가 지긋해 보이는 남자분이 아내와 함께 앉아 계신 것을 보았습니다. 긴 대기 시간에 책을 읽고 계신 모습이 인상 깊었습니다. 제 남편도 그분의 모습이 눈에 띄었는지 한참을 보는 것 같았습니다.

　집으로 돌아오는 길에 이야기하니 그렇게 나이 드신 분도 기다리며 노력하는 모습에 깜짝 놀랐다고 합니다. 그분은 좋은 부모가 되는 책을 읽으며 아빠가 될 준비를 하고 계신다며, 자기도 그 책을 사 달라고 했습니다. 유치하지만 귀여운 발상이었습니다.

　전에 가끔 아빠가 될 준비가 되어 있냐고 물으면 그런 준비가 따로 필요하냐며 반문하던 사람이었습니다. 때가 되어 그 상황이 닥치면 다 아빠로 살아가는 거라고 너스레를 부렸는데 말입니다. 그래도

"네가 오는 그날까지"

아빠가 될 준비를 하고 싶다는 마음이 기특했습니다.

요즈음 『바보 빅터』를 읽고 그 책의 주인공인 빅터의 이야기에 푹 빠졌습니다. 빅터는 아이큐 173인 천재였는데 선생님의 실수로 자신의 아이큐가 73이라고 여기게 됩니다. 말이 어눌했던 빅터는 자신을 바보로 믿고 성인이 되었습니다.

그러던 어느 날 빅터는 대로변 광고판에 있던 대기업 입사 문제를 풀고 그 대기업에 입사하게 됩니다. 그러다 학교 동창을 만났는데 그가 바보였던 자신을 알아보고 바보가 대기업에 다닌다고 말할까 두려워하다 결국 스스로 회사를 떠납니다. 그리고 고향으로 내려가서 이전처럼 바보라 불리는 삶을 살아갑니다. 후에 자기가 스스로를 포기했다는 사실을 깨닫고 다시 최선을 다해 살아갑니다. 우여곡절 끝에 국제멘사협회 회장이 된 빅터는 취임사로 자신이 지난날 얼마나 바보 같은 삶을 살았는지 연설합니다.

'바보라고 생각하면 진짜 바보가 된다. 스스로를 위대한 존재라고 생각하고 위대하게 행동하라'는 감동적인 이야기를 전합니다.

이 이야기를 읽고 많이 울었습니다. 나를 세상에서 가장 작은 사람으로 만든 건 나 자신이었습니다. 그동안 저도 모르게 스스로를 실패한 사람으로 여기고 바보처럼 살아왔다는 것을 깨달았습니다. 이제 더는 그러지 않기로 했습니다. 빅터처럼 저 자신에게 한계를 두지 않겠다고 마음먹었습니다.

성공은 결국 포기하지 않는 사람이 가져간다(『마흔이 되기 전에』, 팀 페리스).

책을 읽을 때 좋은 구절을 하나씩 필사하는데 오늘 만난 한 구절이 가슴을 울립니다. 결국 포기하지 않는 사람만이 원하는 바를 이룰 수 있다는 이 말처럼 저도 끝까지 해 보기로 했습니다.

인공수정을 시작할 때는 시험관 시술까지만, 시험관 시술을 시작할 때는 될 때까지 해 보자 했습니다. 그런데 두 번 만에 이런저런 핑곗거리를 찾고 있는 제가 보였습니다. 이 구절을 읽고 다시 마음을 다잡았습니다. 이번에 좋은 결과가 나오지 않더라도 너무 절망하지 말고 다시 차분한 마음으로 다음을 준비하자 결심했습니다.

부모가 된다는 건 쉬운 일은 아닙니다. 난임을 겪는 부부에게는 더욱더 어렵습니다. 아이가 오기를 포기하지 않고 기다려야 합니다. 견딘다고 여기면 힘들지만 건강한 생각과 건강한 마음으로 시간을 보내면 아기를 위해 준비하는 과정이 됩니다. 기다림의 시간이 아깝게 흘러가지 않도록 지혜로운 사람이 되기 위해 열심히 노력하고 성장해야겠습니다.

파도를 타는 시기

한때는 아기를 낳고 싶다는 사람들을 보며 그게 무슨 어려운 일인가 생각한 적이 있었습니다. 심각하게 이야기하는 사람을 임신 집착이라고 여긴 적도 있습니다. '아이가 없으면 어때?' 하고 말한 적도 있습니다. 그런데 그 상황이 막상 제게 닥치니 전에 했던 말과 생각이 참 모자랐구나 싶었습니다.

상황을 모르는 누군가가 제게 아이가 있냐고 물을 때, 난임이라 고생 중이리고 대답하면 엄청나게 당황합니다. 듣기 지겨운 질문들에 저도 모르게 가시를 세울 때도 있습니다. 그러면 상대방은 난처한 표정을 지으며 다른 이야기로 화제를 돌립니다.

난임에 대해 솔직하게 말해야 할지 거짓말을 해야 할지 난감한 상황이 많이 있습니다. 이런 일을 자주 겪다 보면 저도 모르게 사람을 피하게 됩니다. 친하든 모르든 사람이 불편해집니다. 제 이야기를 하라고 할까 봐 질문이 무서워집니다. 저만의 문제가 아니라 우리 부부의 문제인데 왜 모든 사람이 제게만 아기 이야기를 묻는지, 거기에 위축된 제 모습이 속상했습니다.

평소 저는 어떤 일을 할 때 고민하기보다는 먼저 움직이는 행동파입니다. 청소해야겠다고 생각하면 그 즉시 마트에 가서 청소용품을 사서 청소하고, 어떤 음식이 먹고 싶으면 당장 가서 먹어야 하는 그런 사람이었습니다. 여러 사람들과 이야기를 나누고 노는 것을 좋아하는 활발한 성격의 소유자이기도 했습니다. 그런 제가 아이가 생기지 않자 인생이 제 뜻대로 되지 않는다며 화를 냈습니다.

마음과 머리가 말을 듣지 않아 답답했습니다. 좀 더 빨리 인공수정과 시험관 시술을 선택할 수도 있었는데 4년이나 피하고 멀리했던 지난날이 아쉽기도 했지만 난임을 받아들이는 데에 시간이 필요하다는 것을 알았습니다. 제가 보고 싶은 것만 보고, 제가 원하는 것만 바라며 스스로를 자책하고 있었다는 사실을 깨닫고, 초심으로 돌아가기로 마음먹었습니다.

"파도를 타는 시기가 다를 뿐이지, 누구나 파도를 타는구나 라고 생각했다. 파도를 기다리는 시기가 힘들 뿐이지, 누구에게나 파도가 밀려오듯 누구에게나 기회는 온다는 걸 깨달았다."

개그맨 이윤석 씨가 한 방송에서 했던 이야기입니다. 아이와 관련된 이야기는 아니었지만 제 마음속에 내내 깊이 남았습니다. 이윤석 씨가 난임으로 어렵게 아이를 만났다는 사연을 들으니 더더욱 그랬습니다. 이 말처럼 기다리다 보면 분명 파도는 우리에게 올 것이고 그 파도가 왔을 때 신나게 즐기면 됩니다. 신나게 즐기려면 파도가 오기 전에 어떻게 탈지 연습하는 것이 더 중요하다는 것도 알았습니다.

제가 좋아하는 노래 중에 멜로망스의 〈선물〉이라는 노래가 있습니다. 특히 가사에서 '나에게만 준비된 선물 같아. 자그마한 모든 게 커져만 가. 항상 평범했던 일상도 특별해지는 이 순간'이라는 부분이 참 와닿습니다. 이 노래를 들을 때면 저는 우리에게 올 특별한 선물을 두근두근한 마음으로 기다리게 됩니다.

이 노래를 들으면서 울었던 날도 있습니다. 잡히지 않는 선물 같아서 그랬습니다. 그런데 이제는 이 노래를 들으며 웃습니다. 아이와 함께 이 노래를 듣는 날이 올 테니까요.

〈PART 5〉 언젠가 새로운 생명이 온다면

진정으로 행복한 나

삶에서 행복이란 무엇일까요? 결혼하고 몇 년 동안 저는 아이가 생기기만 하면 행복해질 거라 믿었습니다. 아이가 없어서 행복하지 않다고 생각했습니다. 지금 보내는 시간이 아이가 생기면 더 즐겁게 바뀔 것이고 인생이 크게 달라지리라 믿었습니다. 그렇게 행복을 미루는 시간이 점점 늘어났습니다. 그렇게 6년이라는 시간이 흐르고, 아기를 기다리며 제 행복도 그 시간만큼 밀려 버렸다는 것을 깨달았습니다. 아이와 임신 외에는 어떤 것도 행복으로 보지 않는 스스로를 발견했습니다. 모든 걸 바로잡을 때였습니다.

연애를 할 때는 남자 친구와 함께 맛있는 밥을 먹는 것이 행복이었습니다. 결혼 후 매일 같이 밥을 먹는 행복에 익숙해져 새로운 행복을 찾았습니다. 그 대상이 아기였습니다. 어쩌면 그 행복을 너무도 당연하게 여겼던 것일 수도 있습니다. 아이가 생기지 않자 저는 불행한 사람이 되었습니다. 아기가 있는 친구들이 부러웠습니다. 그 친구들과 어울릴 수도, 아이에 대한 것들을 공유할 수도 없자 혼자 저 멀리 떨어진 행성에 있는 기분이었습니다. 반면 친구들은 아이로 인한 제약이 없는 우리 부부를 보고 부러워했습니다.

저는 남들이 가진 것을 갖지 못했다고 투정 부렸습니다. 그리고 그런 자신의 투정에 지쳐 갔습니다. 사람은 몸이 아프다는 것을 깨닫는 순간 회복이 시작된다고 합니다. 저도 마음이 지쳤다는 걸 아는 순간부터 마음을 회복할 수 있었습니다. 지쳤던 시간이 긴 만큼 천천히 회복되었습니다. 더 이상 아기를 기준으로 두지 않겠다고 다짐했습니다. 행복의 기준을 바꿔 보기로 결심했습니다.

매일 하나의 행복을 찾아보기로 했습니다. 동료나 상급자에게 칭찬을 받으면 그것이 행복이고, 버스를 기다리지 않고 타면 그것 또한 행복이며, 야채나 과일을 싸게 사도 행복이었습니다. 행복을 찾기 시작하니 주변에는 참 많은 행복이 있었습니다. 그동안의 지친 마음을 긍정의 힘으로 조금씩 치유하고 있는 것 같습니다. 회복한 마음으로 건강한 아이를 만날 그날을 기다리고 있습니다. 난임으로 스트레스를 받는 대신 꿈이 이루어지는 그날까지 열심히 적고 행동할 것입니다.

지금 저는 행복합니다. 아이가 생긴 것도 아니고 원하는 다른 무언가가 이루어진 것도 아닙니다. 그런데도 행복합니다. 현재 제 주변에 있는 행복들을 알게 되니 그것을 발판으로 난임이나 아이와 함께하는 미래에 대해서도 좀 더 긍정적인 방향으로, 행복한 상상을 할 수 있습니다.

난임 기간 동안 남편과 환상의 콤비로 발전하고 있다는 것도 역시 행복입니다. 아이 성별에 따라 하고 싶은 일들을 그려 보기도 하고 아이와 오면 좋을 장소를 미리 체크해 두기도 합니다. 앞으로 아이가 올 거라는 것을 믿고, 제가 원하는 모든 일들이 잘 될 거라고 믿습니다.

부담이라 생각했던 많은 것을 예습이라는 이름으로 받아들이기 시작했습니다. 우리 주변에 달라진 건 아무것도 없습니다. 그런데 마음을 바꾸면 세상이 달라졌습니다. 어렵고 슬픈 이야기로 시작했어도 지금은 밝고 즐거운 이야기가 되었습니다. 슬픈 이야기가 없었다면 뒷이야기가 밝다고 생각할 수 있었을까요? 아마 아니었을 것 같습니다.

우리 부부가 아기를 만나는 그때가 되면 지금 이 행복이 얼마나 늘어날지 기대됩니다. 우리는 더 가까워질 것이고 서로를 더 이해하며 살아갈 겁니다. 앞으로의 삶이 기대됩니다. 지금 이 순간 진정으로 행복합니다.

너를 향해 배를 띄우며

욕조에 따뜻한 물을 받습니다. 쑥을 넣은 보자기도 함께 넣습니다. 쑥향이 은은하게 나는 따뜻한 물에 들어갑니다. 하루의 피로가 날아가고 나를 괴롭히던 잡생각도 사라집니다. 책을 읽기도 하고 유튜브를 보기도 합니다.

처음에는 몸이 따뜻해지면 임신에 좋다고 해서 시작했는데, 지금은 저만의 힐링 타임이 되었습니다. 고요한 저만의 시간입니다.

시험관 시술을 진행하다 보면 몸도, 마음도 아플 때가 많이 있습니다. 그럴 때면 다 포기해 버리고 싶은 마음입니다. 차가운 시술대위에 오르거나 회복실에서 정신이 들 때, 마취가 풀려 고통이 밀려올 때면 도대체 어떻게 해야 이 시간을 지날 수 있을지 마음이 말할 수 없이 힘듭니다. 온종일 잠을 자 보기도 하고 온종일 울기도 해 봤습니다. 무얼 해도 마음은 똑같았습니다. 몸은 쉬면 회복되지만 마음은 쉽게 회복되지 않았습니다. 그냥 하던 대로, 해야 되는 일을 하면서 그 시간이 지나가길 기다릴 뿐이었습니다.

신체적으로 힘들어도 마음이 튼튼하면 금방 털고 일어납니다. 마음이 지치면 몸까지 처지고 기력이 없어졌습니다. 그리고 시간이 흐를수록 마음은 더 약해져 갑니다. 단단한 마음이 필요했습니다.

힘들 때면 글을 쓰기도 하고 생각에 잠기기도 했습니다. 괜찮다고 느낄 때일수록 더 제 마음을 들여다보았습니다. 무조건 괜찮다고 스스로를 속이는 건 아닌지 확인했습니다. 지금껏 남편과 가족에게도 마음을 다 보여 줄 수 없었습니다. 눈물이 나면 그 눈물을 숨기고 싶었습니다. 울고 있는 제 모습이 바보 같아 속상하기도 했습니다. 그동안 고민해 보지 못했던 문제들이 제게 다가왔습니다.

'나에게 아이는 어떤 의미인가? 나는 어떤 부모가 되고 싶은가? 나는 아이를 어떻게 키울 것인가?'

아이를 기다리는 이 난임의 기간은 제 인생의 방향을 결정하는 시간처럼 느껴집니다. 누구나 살면서 이런 시간이 올 것입니다. 그 시간이 길어지면 길어질수록 아깝다고 느낄 수도 있습니다. 저 역시도 그랬습니다. 제가 원하는 대로 이루어지면 그냥 그다음 하고 싶은 것들을 이루면 된다고 생각했습니다. 그랬다면 살면서 이렇게 깊이 생각할 수 있는 시간은 없었을지도 모르겠습니다.

아이는 제게 당연한 존재입니다. 삶에 필요한, 인생을 좀 더 따뜻하게 만들어 줄 존재입니다. 지금 아이를 원하고 바라는 것처럼 아이의 존재만으로도 감사한 마음을 갖는 부모가 되고 싶습니다.

소중하고 귀한 아이일수록 부족하게 키우라는 말이 있는데 지금 마음 같아서는 제가 그럴 수 있을까 싶습니다.

모든 것을 다 주고 싶은 마음입니다. 우리 부부에게 태어날 아이에게 좋은 에너지를 물려주고 싶습니다. 많은 돈과 재산은 아니더라도 긍정적인 에너지와 진취적인 삶을 나눠 주고 싶습니다. 부모는 자식의 거울이라고 하니 좀 더 단정하고 정직한 모습으로 살아야겠다고 다짐합니다.

●

지금까지 저는
바다에 표류하는 배처럼 끝없이 흔들리기만 했습니다.

이제부터는

제대로 된 목표를 갖고
항해하는 배가 되고 싶습니다.

주변에 다른 배들이 먼저 출발한다고

불안해할 필요가 없습니다.

제 배는 다른 배처럼 빨리 출발할 수 있는 배가 아닙니다.
천천히 출발하면 되는 그런 배입니다.

남들이 빠르게 지나간다 하더라도
그것에 연연하지 않고
저만의 길을 가면 되는 겁니다.

마음에 상처받을 땐 글을 쓰고 반신욕을 하며, 병원도 열심히 다니면서 영어 공부도 하고 독서 모임에도 나갑니다. 예전에는 스스로를 돌보지 않았다면 이제는 저를 위한 삶을 살고 있습니다. 아이가 오는 그날까지 성장하며 기다릴 겁니다.

난임의 시간을 보내고 계신 분들께 조금이나마 위로가 되기 위해 글을 썼습니다. 인간이 할 수 있는 유일한 창조는 아이를 낳는 일이라고 합니다. 우리는 창조적인 일을 위해서 잠시 멈춰서 생각하고 고민하고 기다리는 중입니다. 초조해하지 않으셔도 됩니다. 마음이 가장 중요합니다. 우리가 아이를 안을 그날이 오면 이 기다림과 아픔은 더 큰 감사로 돌아올 것입니다.

순풍인 줄 알고 출발했는데 폭풍우가 칩니다. 비바람이 부는 바다에서 길을 잃은 것 같습니다. 하지만 곧 비가 개고 햇빛이 보일 겁니다. 우리들의 배는 천천히 앞을 향해 나아갑니다. 나를 위해, 아이를 위해, 가족을 위해 귀한 이 시간을 행복하게 보냅시다.

보통의 엄마들처럼 살고 싶었습니다. 아이는 때 되면 생길 거라는 남들의 말처럼 저도 그렇게 생각하고 싶었습니다. 하지만 시간이 길어질수록 수렁에 빠지는 느낌이었습니다. 마음을 버리고 싶어졌습니다.

이 글을 쓰기 시작할 때 저는 길고 긴 터널 속에 갇혀 있는 것 같았습니다. 끝이 보이지 않는 이 어둠이 언제까지 계속될지 두려웠습니다. 제 뒤에서는 차들이 큰소리로 빵빵거리고 얼른 가라고 소리쳤습니다. 무서움에 꼼짝도 하지 못하던 어느 순간 뒤를 돌아보니 저처럼 많은 사람이 두려움에 떨고 있는 모습이 보였습니다. 모두 저와 같은 상처와 두려움에 휩싸여 앞으로 나가지 못하고 있었습니다.

어둠 속에서 걸음을 내딛는 일이 쉽지는 않았습니다. 실패를 받아들여야 할 때마다 눈물이 흐르고 또 흘렀습니다. 세상에 욕이라도 하고 싶었습니다. 솔직히 아직도 반복하고 있습니다. 그래도 저 혼자가 아니라는 생각에 다시 걸어 나갈 수 있었습니다. 이 글을 쓰고 있는 지금은 세 번째 시험관 시술을 준비 중에 있습니다. 이제 겨우 긴 터널 하나를 지나 온 느낌입니다.

이렇게 힘들어하면서도 왜 아기를 낳고 싶어 하는지 마음속을 들여다보고 또 들여다보기를 반복했습니다. 그러면서 제가 얼마나 소중한 사람인지 깨달았습니다. 아기뿐만이 아닌 저 자신을 위해서 열심히 살아야겠다고 다짐했습니다. 언젠가 새로운 생명이 온다면 따뜻하게 안아 줄 수 있도록 준비해 놓을 겁니다. 마당에 푸른 잔디가 가득한 이층집에 그네를 설치하고, 아이가 신나게 뛰어놀 수 있도록 축구 골대도 가져다 놓고, 그런 행복한 그림을 상상해 봅니다. 우리가 얼마나 행복하게 살아갈지 상상합니다. 어느새 행복한 기운이 온몸에 퍼집니다.

누군가는 이렇게 말할지도 모르겠습니다.
'아직 임신하고 아기 낳은 거 아니잖아?'
하지만 전 이제 신나는 음악을 틀고 노래를 따라 부르며 이 길을 지나갈 겁니다. 힘들어서 주저앉는 날이 있더라도 다시 일어나서 걸어갈 겁니다.
이 길목에 저와 같은 이들이 있다면 함께 가자고 이야기하고 싶습니다. 두려워하지 마세요. 우리 함께 가요. 먼저 부모가 되었다면 기뻐해 주고, 조금 시간이 필요하다 해도 초조해하지 않기로 해요.

결국 우린 모두 부모가 될 테니까요. 저는 오늘도 씩씩하게 글을 쓰고, 영어 공부를 하고, 주사도 맞으며 잘 지낼 겁니다. 이 시간들은 분명 더 큰 기쁨으로 다가올 테니까요.

사랑하는 나의 존재!
미래의 내 아가에게

아가야! 아빠, 엄마는 너를 만나기 위해 오랜 시간을 기다렸
단다.

네가 언제 올까 매일 기다리고 또 기다렸지.

엄마는 너를 기다리면서 네가 빨리 오지 않는다며 울기도
했어. 실은 정말 자주 울었단다. 얼른 너를 만나고 싶었거든. 그
렇게 울다 지칠 때쯤 이런 생각이 들었어. 분명 건강하고 지혜로
운 아이가 이 세상에 태어날 텐데, 이렇게 울 시간에 좋은 엄마가
될 준비를 하나라도 더 해야겠다고 말이야.

그렇게 마음을 바꾸고 나니 세상이 달라졌단다. 너를 기다
리는 시간을 감사해하기 시작했어. 엄마에게 일어나는 일 하나
하나가 다 공부가 됐어. 우리 아가가 태어나면 알려 줄 것들이 이
세상에 많더구나.

미리 엄마가 공부하고 경험하면서 우리 아가에게 전해 줄 일들로 가득해.

아가! 네가 자라면서 우리에게 문제나 다툼이 생길 수도 있겠지? 그때마다 아빠, 엄마는 이 글을 보며 마음을 다잡을 거야. 다른 무엇도 바라지 않고 오직 너를 기다렸던 지금의 마음으로 돌아가려고 말이야. 네가 이 세상을 살다 힘들고 지치더라도 이것 하나만 기억해 주렴! 아빠, 엄마는 너의 존재만으로도 항상 이 세상, 온 우주를 다 가진 기분이야. 너는 존재만으로 충분한 아이란다. 늘 너의 존재에 감사하는 아빠, 엄마 그리고 가족이 있다는 걸 기억해 줘.

너는 네가 오기 훨씬 전부터 아주 많은 사랑을 받았단다. 그렇게 네가 받은 사랑을 마음껏 나눠 줄 수 있는 마음이 넓은 아이가 되길 바라. 다른 사람에게 그 사랑을 나눠 준다면 더 큰 사랑이 너에게 올 거야. 나눠 주고 또 나눠 주렴.

이 세상에 태어나 줘서 고마워.

그리고 아빠, 엄마의 아이로 와 줘서 고마워.

사랑해.

네가 오는 그날까지

초판 1쇄 인쇄 2019년 10월 11일
초판 1쇄 발행 2019년 10월 18일

지은이   김종숙
발행인   김승호
편집인   서진
펴낸곳   스노우폭스북스

편집진행   최민지
마케팅   구본건 김정현
SNS   이민우
영업   이동진

디자인   강희연

주소   경기도 파주시 회동길 37-9, 1F
대표번호   031-927-9965
팩스   070-7589-0721
전자우편   edit@sfbooks.co.kr
출판신고   2015년 8월 7일 제406-2015-000159

ISBN 979-11-88331-73-4 03810